文春文庫

おでかけ料理人

佐菜とおばあさまの物語

中島久枝

文藝春秋

contents

目次

この作品は文春文庫のために書き下ろされたものです。
DTP制作　エヴリ・シンク

おでかけ料理人

佐菜とおばあさまの物語

一話　白《しら》和《あ》えはわが家の味

1

鍋の落とし蓋《ぶた》を取ると、醬油と砂糖の混じった甘じょっぱい香りがあたりに広がった。鍋の中のころりと丸い里芋はぷくぷくと沸き上がった小さな泡に包まれて、気持ちよさそうだ。

やがて、ほどよく煮詰まった汁は里芋にからみ、食べればつるんとして中はほくほく。味がよくしみて、そのまま食べてもよし、ご飯のおかずにもよし、酒のあてにもなるという、この店自慢の芋の煮転がしのできあがりだ。

「あっ」

鍋をのぞきこんだ佐《さ》菜《な》の頰が上気した。

いい香り。

胸のうちでつぶやく。

佐菜は色白のふっくらとした頰の十六歳だ。五日前から神田にあるこの煮売り屋で手伝いをしている。まだ、分からないことばかりだ。

「食べてごらん。ほっぺたが落ちちまうよ」

主《あるじ》のおかねが串に刺して小皿にのせ、佐菜に手渡した。自分と六歳の息子の正《しょう》吉《きち》の分も取り、店の隅の空き樽に腰をおろす。二年前、一人息子の正吉を抱え、女手ひとつではじめたのがこの煮売り屋だ。煮物、和え物などの惣菜をつくり、売っている。

おかねは丸顔で目も鼻も丸い愛嬌のある顔立ちをしている。面倒見がよく、よくしゃべり、よく笑い、小さな体をくりくりと動かして働いている。

おばあさまとの静かな暮らしが長かった佐菜は、そういうおかねにまだ慣れていない。

「恐れ入ります」

両手を差し出して受けた。

「それ、小笠原流かい。そんなにていねいにされると、こっちの調子が狂っちまうよ」

おかねが笑ったので、佐菜はまた頰を染めた。

芋の煮転がしはやわらかく、口の中に甘じょっぱい味が広がった。

「……おいしいです」

もっといろいろ言いたい言葉があるのだが、口から出たのはそれだけだ。

「それにやわらかいだろう。芋の煮転がしはちょっと煮崩れるくらい火を入れるところがいいんだよ。あんたの家じゃ、料理屋みたいにお上品に仕上げるんじゃないのかい」

「そんなことないです。家で食べるものですから。……でも、もう少し、味は薄めでした。……あ、でも、それはおばあさまが濃い味は苦手だっておっしゃるので」

余計なことを言ってしまった。佐菜は目を伏せた。

「いいんだよ。うちに来るお客は大工やら左官やら、体を使う人たちが多いからね、ご飯のおかずになるようなものがいいんだよ」

おかねは屈託のない様子で立ち上がった。

半分開いた入り口の戸から、朝の光が射している。弥生の風が花の香りを運んで来た。

佐菜が大井鉢に芋の煮転がしを移し、煮豆やこんにゃくやしいたけ、切り干し大根の煮物の隣に並べる。炊きあがったご飯にたたいた梅干を混ぜて握り飯をつくるのはおかねだ。

入り口の戸を開ききると、最初のお客がやって来た。

「いらっしゃい。今日は何にします？」

主のおかねが明るい声をあげた。

昼前になると、瀬戸物屋の権蔵《ごんぞう》がやって来た。五十がらみのよくしゃべる小太りの男だ。このあたりの顔役でもある。

佐菜は「いらっしゃいませ」と言った。だが、口から出たのはもごもごという不明瞭な音だけである。

「なんだよ、不景気な声だなぁ。もっと大きな声ではっきり言いなよ」

「そう、いじめないでやってよ。まだ、慣れてないんだよ。なに、食べる？　芋の煮転がしが煮あがったばかりだよ」

返事を聞くより早く、おかねは芋の煮転がしを小皿にのせ、権蔵に手渡す。

権蔵は店の奥の空き樽に腰をおろすと、皿の脇に内藤唐辛子を振り入れた。甘じょっぱい芋の煮転がしに唐辛子を少しつけるのが、権蔵のお気に入りの食べ方だ。

「あんた、あの味噌屋の裏手の二間続きの家に、ばあさんと二人で住んでんだろ？　大方、家賃を安くしとくからなんて、言われたんだろうけどなぁ。あそこはねぇ、なんでだか人が居つかないんだよねぇ。前、居た義太夫語りは三月《みつき》だったし、その前の板前の家族はひと月、その前の大工なんざ、三日で消えちまった」

佐菜は何も言えず、頬を染めてもじもじと下を向いた。

「ちょいと、権蔵さん。そんな意地の悪いこと言わないでおくれよ。この子だって、これから頑張ろうってやっているんだからさぁ」

おかねが助け舟を出してくれた。

「はは、悪い、悪い。だけどさぁ、あんたのばあさんが始めた手習い所ってのもあんまりうまくいってねぇなぁ。ここいらの子は、みんな通りの向こうの義光《よしみつ》先生のところに行くから。あの先生は古くからやっていて評判がいいんだよ」

言われなくても分かっている。おばあさまは張り切って天神机などを用意し、手習い所の看板をあげたけれど、通って来ているのはおかねの息子の正吉一人だ。

権蔵は芋の煮転がしを食べる手を止めて佐菜の顔をじっと見た。

「それにしても、あのばあさん、若いときは相当な美人だったんだろうねぇ。あんたは全然似てないけど」

さらに佐菜の痛いところをついてきた。

おばあさまは切れ長の目にすっと鼻すじの通った京人形のような整った顔立ちである。それは父の佐兵衛《さへえ》に受け継がれ、涼し気な眼差しとまっすぐな鼻のすっきりとした男ぶりとなった。

一方、母の富美《ふみ》は黒目勝ちの丸い大きな目をしていた。おでこが広くて、ふっくらとした頬のいつまでも少女のような愛らしい顔立ちであった。

おばあさまから父に至る、切れ長の目とまっすぐな鼻すじと、母の丸い目とふっくらとした頬は、佐菜の中で混じり合い、意外に平凡な顔立ちとなった。

「まぁ、若いから、少々おへちゃでもかわいいってもんだ」

権蔵が慰めにもならないことを言って立ち上がる。

しばらくすると、また新しいお客が来た。あけぼの湯のおかみのお民《たみ》である。

「佐菜ちゃんって言ったよね。よろしくね」

「よろしく……お願いします……」

佐菜は頬を染めて頭を下げた。

「……芋の煮転がしと切り干し大根と煮豆をおくれ。豆腐は、今、食べたいな」

お民は慣れた様子で店の中に進むと、先ほど権蔵が座っていた空き樽に腰をおろした。

「あんたは、あの味噌屋の裏手の二間続きの家に住んでいるんだよねぇ。荷物がたくさんあったんだってねぇ。まるでお旗本のお輿入《こしい》れみたいだったって聞いたよ」

「まさか。……そんなことは……ないです」

佐菜は驚いて答えた。

お店《たな》や長屋の多いこの界隈では内風呂を持つ家はない。どの家もあけぼの湯に行く。そこでは、町内のちょっとした事柄も話題になる。

ひと月ほど前まで佐菜は、日本橋室町の家でおばあさまと女中と下男の四人で暮らしていた。金目のものは売ったり、人に譲ったりして、こちらに来るときは身の回りのものばかり。それも、もうこれ以上ないくらい少なく、ぎりぎりに減らした荷物だったが、世間の人の目にはそう見えないらしい。

「今まではどこに住んでいたんだい？　結構、いい暮らしをしていたんだろ。なんでこっちに越して来たんだよ」

お民は知りたくて仕方がないという様子で身を乗り出して来た。

「いえ……、ですから……、その……」

佐菜はしどろもどろになる。

「もう、お民さん。人にはそれぞれ事情があるんだから、いいじゃないか」

おかねが割ってはいって、その話はおしまいになった。

それからしばらく世間話をして、お民は店を出て行った。

「まあ、しばらくは根掘り、葉掘り聞かれるね。こういっちゃなんだけど、あんたたちは、この界隈じゃあんまり見ない人たちだからさ」

「……はい」

助け舟を出してくださってありがとうございますと言いたかったが、うまく言葉にならない。おかねはごぼうの皮をこそげながら、楽しそうにしゃべりだした。

「まったくねぇ、世の中のおかみさんってのはさ、もう、本当にすごいんだよ。亭主が帰って来て家の戸を開けてさ、『今帰ったよ』と言うだろ。その声の調子、間合い、顔つきで『あ、今日はよく売れたんだね』とか、『また、親方に叱られたのか』とか、『おや、なんか、あたしに隠しているね』と察するんだ」

一を聞いて十を知るというのは論語の言葉だが、孔子様もびっくりなのがおかみさんという存在なのだ。

そのおかみさんが集まってくるのがお民のあけぼの湯である。

「どんなに大変か、分かるだろう。まぁ、でもさ。あたしもこの店を始めたときは、あれこれ詮索されたよ。でも、事情が分かってからは、みんなやさしくなった。手を貸してくれたよ」

四年前、畳職人だったおかねの亭主は馬に蹴られて死んだ。二歳の正吉を抱えて一人になったおかねは、知り合いの店で働くうちに煮売り屋をはじめることを思いつく。二年前に空き家だったこの店を借り、田舎のばあちゃんに教わったように煮豆をつくり、こんにゃくを煮て、野菜を漬ける。失敗もかずかずあったが、文句を言いつつ、買いに来てくれる町内の人たちのおかげで今に至っている。

「こんにゃくを焦がして泣きそうになっていたら、水を加えてもう一度煮れば大丈夫だからって教えてくれた。しかも、ちょっと焦げ臭くなったこんにゃくを、ちゃんと買ってくれるんだよ。里芋が生煮えで固かったことがあった。そのときも、薄く切って煮直せばいいって言われた」

正吉はじっとしていられない子で、なにが気にいらないのか癇癪《かんしゃく》を起してよく泣いた。店の前で引っくり返って手足をばたばた振り回し、大声で暴れた。あと少しで芋が煮あがるという時でも、お客がいてもお構いなしだ。仕事帰りの職人が「ほう、元気がいいねぇ」と笑いながら、ひょいと持ち上げ、じゃまにならないよう端のほうにずらして座らせた。張り合いがなくなった正吉は泣き止んだ。

「そんな調子で、あたしも正吉も、この町に育ててもらったんだ。ここでなかったら、とっくに店をたたんでいたね」

そういうものなのか。

「あんたの家の事情だって、おいおい知れるに決まっている。だけど、それでいいんだよ。構やしないんだ。堂々としていれば」

「はい」

佐菜は素直にうなずいた。

おかねは手習い所の看板を見て、佐菜たちのところにやって来た。正吉がほかの子供と同じように座って話を聞くことができないので、義光先生の所を断られたのだ。

おばあさまは喜んで受け入れた。今以上に人見知りがひどくて手習い所にいかれなかった子供のころの佐菜に文字や算盤《そろばん》を教えたことがあったからだ。

しかし、そのおばあさまも驚いた。

とにかく正吉は片時も落ち着いていることができない。突然立ち上がり、歩き回り、寝転がり、大声をあげた。しかし、外に出れば元気いっぱい。よく走り、木に登る。鳥でも虫でも、夢中になると、いつまでも集中して見つめていた。

「あの子は頭のいい子です。上手にその才を伸ばせば立派な大人となるでしょう」

おばあさまはおかねに言った。

その言葉におかねは涙を流さんばかりに喜んだ。同時に、佐菜たちの窮状にも気がついた。

佐菜が惣菜を買いに行ったとき、おかねは誘ってくれた。

「よかったら、うちで働かないか。ちょうど手が足りなくて困っていたんだ」

小さな煮売り屋である。おかねひとりで十分なのは見れば分かる。しかも、佐菜はひどい人見知りでおよそ客商売には向かないというのにだ。

「あ、あの私は……」

佐菜はうれしかった。洗い物でも掃除でも、言われたことはなんでもするし、芋の皮むきや野菜を刻むのも得意だ。そう言いたかったが、その言葉が出なかった。

頬を染めてもじもじしていた。

「恥ずかしがり屋なんだね。大丈夫だよ。うちに来るお客はみんな顔見知りだから、すぐ慣れるよ。家にいるときは、よくしゃべるんだろ？　正吉が言っていたよ。ばあちゃんはおっかないけど、ねぇちゃんの方はやさしいって」

おかねは小さくうなずいた。

店は小さく、天井も柱も、煮しめた玉こんにゃくと同じように、どこもかしこも渋茶色に染まり、鍋が温かい湯気をあげていた。

知らない人、知らない場所、初めての出来事、そういうことすべてが苦手な佐菜だったが、この店なら、この場所なら、なんとかやっていけそうな気がした。

そう思ったら、言葉が自然にこぼれ出た。

「不束者《ふつつかもの》ですが、どうぞ、末永くよろしくお願いいたします」

そう言って頭を下げた。

「あらぁ、なんか、嫁さんをもらうようだねぇ」

おかねはお腹を抱えてくっくと笑った。

佐菜がおばあさまと二人で暮らす家は味噌屋の角を曲がった奥になる。店を閉めて、その後片づけをして、残り物のこんにゃくの煮物や酢ばすをもらって帰って来る。それから、二人で夕餉《ゆうげ》だ。

その日、家の明かりがついていなかった。

戸に手をかけると、すっと開いた。

月明りに、座敷の真ん中に座っているおばあさまが見えた。正座して手をきちんと膝の上で合わせ、首だけがかくんと前に落ちている。

「おばあさま」

声をかけたが返事がない。

部屋に上がり、もう一度、声をかける。

「おばあさま」

まさかと思って頬に手をやる。

ひんやりとしていた。

あわてて口元に手をおくと、おばあさまはぱちりと目を開けた。

「まだ、生きていますよ」

ひゃあっと驚いて、佐菜は腰を抜かしそうになった。

「まったく、驚いたのはわたくしの方ですよ。弁慶の立ち往生というのは聞いたことがありますが、座ったままで往生するはずがないでしょう」

「でも、あんまり静かだったので……」

「いえね、正吉が落ち着きがないから、座らせるのをあきらめて外に出てみたんですよ。神社の方に少しね。そうしたら、あの子、あっちに行ったり、こっちに来たり、走るんですよ。追いかけていたら、すっかり疲れてしまって。家に戻って一休みと思っていたら眠ってしまったんですね」

「お疲れだったら、横になればよかったのに」

「昼間から横になるのはねぇ」

では、昼からずっとこの姿で眠っていたのか。行儀がいいのも不便なことだ。行燈《あんどん》に明かりを灯すと、冷たく固まっていた部屋が大きく息をしたように感じた。

「お茶でも入れますね」

といっても湯冷ましだ。朝、沸かした湯がそのまま南部鉄瓶に入っている。湯飲みは萩だ。白い土の肉厚の湯飲みは、手の中にしっくりとおさまる。

「甘いですねぇ」

「ええ、南部鉄瓶に入れておくと味がまろやかになるんです」

日本橋に三益屋《みますや》という帯屋があった。白壁の土蔵造りで藍ののれんがかかっている大きな店で、佐菜の父、佐兵衛が三代目の主だった。佐菜の母、富美が亡くなり、父が後添いをもらったことを機に、佐菜はおばあさまとともに室町の別邸に移った。父が亡くなり、しばらくして三益屋は店を閉じた。わずかな荷物を持ってふたりはひと月前に神田に越して来たのだ。

室町の家にいたころ、おばあさまは夜眠る前、香りのいい油を顔に塗っていた。蘭方医に教わったやり方で、その後ぬるま湯で洗い、さらに使い込んでやわらかになったさらし布でぬぐうのだ。そのせいか、おばあさまの顔はいつもつやつやとして、しみひとつなかった。

今は水で顔を洗うだけだ。掃除も洗濯も自分たちでしているので、おばあさまの手は荒れている。その手を佐菜は悲しい気持ちでながめた。

自分たちで暮らしを立てなくてはならなくなったので、おばあさまは手習い所をはじめた。おばあさまは字も上手だし、たくさん本を読んでいるから手習い師匠はぴったりの仕事に思えた。近所には大勢の子供たちの姿もあった。

看板をあげたが、たずねてくる親子はいない。

子供たちは通りの向こうの古くからある手習い指南所に通っていたのだ。

室町にいたころは、月々のかかりは父たちのいる三益屋に任せていたから、炭や米がいくらするのか、考えたこともなかったが、今は月末を迎えるのが怖い。おかねが持たせてくれる残り物の惣菜が、ありがたくうれしい暮らしだ。

「佐菜は謡曲の『石橋《しやつきよう》』を知っていますね。その中に『獅子は小虫を食わんとすれど、まず勢いをなす』という言葉があるんですよ。獅子のような大きな力のあるものでさえ、小虫を食べるときに準備をしてから取り掛かるということです。わたくしは、準備が足りませんでした。いっそ、もっと小さなところに引っ越しましょうか。近所には長屋がたくさんあるじゃないですか」

おばあさまはずっと考えていたことを打ち明けるという風な様子で言った。

近所の長屋とは、いわゆる九尺二間の裏長屋である。ひと棟に壁を隔てて五坪ほどの小さな部屋が並んでいる。かまどや流しをおいた土間があり、四畳半で寝起きする。そこに布団や着物や鍋釜など、暮らしのいっさいを置くことになる。

「でも、……そうしたら、おばあさまのご本はどうしますか……」

「だから、本も手放します。いいえ、もう何度も読んで頭に入っていますから、なくともよいのです」

そんなことがあるはずはない。

おばあさまがどれだけ本を大切にしているか、佐菜は知っている。

「そんな悲しいことをおっしゃらないでください。私もおかねさんの店で働かせてもらっています。大丈夫ですよ。そのうちに助けの舟も来ますから」

おばあさまは何も言わない。

暗い夜の海を漂う小さな舟が胸に浮かんだ。乗っているのは佐菜とおばあさまの二人きりだ。

こんなとき、頼りになるおじさんとか、面倒見のいいおばさんがいたらいいのに。

佐菜は思った。

なぜか三益屋の家では親戚づきあいをしなかった。父は一人っ子だったが、亡くなった母の富美には兄弟がいたはずだ。後添いとなったお鹿《しか》には兄がいたと聞いている。

そのだれとも会ったことがない。

お鹿とその息子の市松《いちまつ》も父が亡くなったあと、出て行ってしまった。

今、佐菜の身内といえるのは、おばあさまだけだ。

暗い夜の海を小舟は漂っている。漕ぎ手はいない。どこに向かっているのかも分からない。助けの舟も来ない。

おばあさまと二人きり。佐菜は心細くて泣きたくなった。

2

早朝、まだ暗いうちに佐菜とおばあさまは起きる。掃除をすませ、佐菜はご飯を炊いて朝餉《あさげ》の支度をする。その間におばあさまは洗濯をすませる。

北側の二畳ほどの板の間とそれに続く土間が台所だ。板の間には器や米、味噌、醤油などをしまっておく水屋簞笥がある。室町の家から運んできたもので、飴色をした欅の立派な造りだ。その脇の棚には、脚のついたまな板に包丁、釜と大小の鍋、洗い物のための桶、水を運ぶための手桶、ざる、樽などさまざまなものを置いている。

土間には煮炊きのためのかまどが二つ。薪をくべる部分は土でつくられ、上は鍋や釜をおけるようになっている。

おばあさまと佐菜の二人の暮らしには十分な広さである。

来たばかりのころは、朝晩ご飯を炊いていた。室町の家にいたころ、そうしていたから神田に移ってからも同じようにしていた。

おかねの店で働くようになって、何かの拍子にその話題になった。おかねはあきれた顔になった。

「あんたのところじゃ、朝晩、飯を炊いているのかぁ。そりゃあ、お大名の暮らしだよ」

「ほかの家は違うんですか？」

「朝に夜の分も炊いちまう。夜は湯漬けにすれば、温かいよ」

なるほどそういうやり方もあるのかと、はじめて気づいた。それからは朝炊くだけにした。おかずは汁と佃煮、漬物ぐらいで簡単に。夕餉はおかねのところの惣菜を分けてもらって食べている。おかげで、ずいぶんと楽になった。

朝、おかねの店に行くと、佐菜はまず外を掃いて打ち水をする。それから水を汲んで野菜を洗う。店の中の掃除と包丁研ぎは仕事の終わりにするから、朝はごく簡単に拭き掃除である。

おかねは働き者だが、掃除の類《たぐい》はあまり好きではないらしい。だから、戸棚の隅やかまどのまわりに焦げやほこりがこびりついていた。佐菜が何日もかけてきゆっきゅっと磨いたので、今は見違えるようだ。包丁も砥石を買って研いでいる。ちょっとした料理屋の包丁に負けないほど切れ味がよくなった。今まで、たくあんの皮が切れずにつながってしまったが、それがなくなった。大根とにんじんのなますも、細く切れるので美しく見えた。

「あんまり切れ味がいいと怖いよ」と言っていたおかねだが、今は「よく切れない包丁だと手がすべって危ないね」と喜んでいる。

相変わらずお客の前では縮こまっている佐菜だが、少しずつ自分にできることを探していた。

その朝、芋の皮をむいていると、おかねがたずねた。

「手つきがいいねぇ。あんた、料理は誰に習ったんだい」

「竹《たけ》という……知り合いです」

竹は女中だ。家に女中がいたなどと言ったら、またびっくりされてしまう。

「その人が料理上手だったんだね」

「……はい」

贅沢で口のおごったおばあさまはあちこちの料理人を室町の家に呼び、竹に料理を習わせた。江戸前はもちろん、京料理、精進料理、すしにそばなど、自分が食べたいと思うものは一通りこなせるように命じた。根がまじめで料理好きの竹は短い間とはいえ熱心に学び、自分のものとし、それを佐菜に伝えた。

最初はおばあさまに言われてはじめたことだったが、佐菜はすぐに料理に夢中になった。佐菜は手先が器用で、いい目と耳を持っていた。しかも、おばあさまという最高の食べ手がそばにいる。ちょっとでも手を抜いたり、段取りが悪かったりすると、たちまち見破られた。

「下ごしらえがうまくいかなかったのではないですか。魚が水っぽいです」などと言う。

おばあさまは台所に立ったことはない。おいしいものを食べ、料理の本を読み、料理人に話を聞いただけだ。それで、どうしてそんな細かいことまで分かるのか。

佐菜は驚き、怖れた。

上手にできたときは最上級の言葉でほめてくれた。

「あなたの煮物は天下一品です。料亭の八百善《やおぜん》にも負けません」

佐菜はおばあさまの一言が何よりうれしくて、さらに料理に励んだ。

じっと佐菜の手つきを見つめていたおかねが、丸い目をもっと丸くしてたずねた。

「あんた、ここに来る前は家でどんなものを食べていたんだい」

「特別なものは……」

「たとえば？」

「いわしの梅干し煮、芋の煮転がし、青菜のおひたし、それから豆腐」

豆腐はおばあさまの好物だ。

「どうやって食べるんだよ」

「豆腐は湯豆腐、冷奴、白和えも。白和えは季節によって具が変わります」

「その白和えってのは、どんなもんだい」

「豆腐をすり鉢ですってごまと砂糖で味を調え、やわらかく煮た野菜を和えます。……野菜は豆でも、にんじんでも、青菜でも」

「なかなかおいしそうだね。今日、これからちょっとつくっておくれよ」

「……私が、ですか」

「そうだよ。ほかにだれがいるんだよ」

言われて佐菜は青菜の白和えをつくることにした。

室町の家では和え衣は裏ごししたが、今回は簡単にしたいので省き、味も濃い目にした。しゃきしゃきと歯ざわりよくゆでた青菜を白い衣で和えて皿にのせ、里芋の煮転がしの隣においた。

「へぇ、こりゃあ、なんだい？　おからかい？」

やって来た大工がさっそく目を留めた。

「はい……、あの……豆腐をすり鉢ですって」

気の短い大工は佐菜のもたもたした説明に顔をしかめた。

「白和えっていうんだよ。この子がつくったんだ。おいしいよ。ちょいと味見をするかい」

おかねはすかさず小皿にのせて差し出した。大工は一口食べて皿を返してきた。

「なんだぁ。味がねぇな」

佐菜はがっかりした。

次に来た畳職人は言った。

「これじゃあ、飯のおかずにならねぇよ。もっと、塩味をつよくしてしゃきっとした味にしなくっちゃ」

白和えはもともと、やさしい味のものなのだ。そう言いたかった。

この店に白和えは不似合いなのだろうか。そんなことを考えていたら、小さな子供を背負った母親が来た。

「やわらかいからね、小さな子も食べやすいよ」

おかねが勧める。

「ほんとだねぇ。ちょっと甘味がついているんだね。うちの子の好きな味だよ」

「豆腐でつくっていますから、お腹にもやさしいです」

やっと言葉が出た。

「へぇ、これ、豆腐でつくっているのかい。豆腐も料理の仕方でこんな風になるんだね。じゃあ、ひとつもらおうか」

「ありがとうございます」

今度はすらりと言えた。

おかねが振り向いて「よし」というようにうなずいた。

それからは少しずつお客に声がかけられるようになった。

そのおかげもあって、夕方までに佐菜の白和えは売り切れた。

二人で片付けをしているとき、おかねがたずねた。

「どうだった？　自分がつくったものが売れるとうれしいだろ。お客さんに褒めてもらうと励みになるよ」

「……全部売れてよかったです」

「まったくだ。初日で売り切れなんて、めでたいよ。目新しいものはなかなか買ってもらえないんだ」

「そうなんですか」

「ああ。うちのお客はそれぞれ目当てのものがあるからね、余分なものは買わないんだ。あたしもびっくりしたよ」

佐菜の胸の奥がぽっと熱くなった。頬が染まった。

「仕事って面白いだろ。死んだ亭主がさ、足が痛い、肩が痛いって言いながら、注文が来るとうれしそうにしていたんだ。今は、その気持ちがよく分かる。そりゃあ、お金が入るのはうれしいよ。でも、それ以上にお客さんに喜ばれるのがいいね。朝、眠いとか、水が冷たいとかそういうことをみんな忘れるよ」

「はい……」

佐菜はうなずいた。おかねが笑っている。

今日はなにがなんだか分からないうちに終わってしまった。けれど、やっぱり少しうれしい。いや、かなりうれしい。

佐菜もにこにこと笑顔になった。

家に戻ると客人が来ていた。元三益屋の大番頭で、今は近江屋《おうみや》で働いている八十吉《やそきち》である。日本橋の三益屋は、同じ帯屋の近江屋が奉公人ごと引き取って商いをしている。

「いや、佐菜さま、お帰りなさいませ。すっかり、大人びて、美しくなられましたねぇ。旦那さまが御覧になったら、さぞや自慢に思われたことでしょうなぁ。八十吉めはびっくりいたしました」

八十吉は佐菜の顔を見ると、大げさに驚いた様子を見せた。

もちろん世辞である。ひと月ほどしか過ぎていないのに、びっくりするほど変わる訳がないではないか。長年帯屋の大番頭をしていた八十吉は、そういう世辞が身についている。

八十吉は少しやせていた。濃茶の結城紬《ゆうきつむぎ》の羽織は三益屋にいたときのもので、白足袋はわずかにつま先がほつれている。目尻にしわも増えたようだった。

「佐菜さまがまだお小さくて、日本橋の家の奥のお庭で遊んでいらしたころが、つい昨日のことのように思われますよ。八十吉めの今があるのは、三益屋の大旦那さま、大おかみに厳しく仕込んでいただいたからです。その御恩は片時も忘れたことはございません。三益屋を失ってしまったこと、八十吉めは体の半分を失ったように感じております」

「もう、そのことは言わないことにしましょう。こうして来てくれたことだけでも、ありがたいと思います。なんのおかまいもできないのが、恥ずかしいですけれどもね。新しいお店の様子はどうですか」

聞かれて、八十吉は相好をくずした。

「いや、大おかみ、なにもかも違いますよ。近江屋さんは厳しい、厳しい。三益屋にいたものたちはみぃんな顎をあげています。一番はね、食べ物なんですよ。三益屋さんは小僧も手代も番頭も同じものをいただきましたでしょ。近江屋さんは違うんですよ。小僧と手代はごはんは茶碗に一膳。それに汁と香の物。それだけなんです。番頭になると、煮つけがつきます。つまり、たくさん働いて、偉くなれってことなんですよ」

「腹いっぱい食べさせるというのが、先々代からの三益屋の習いでしたからねぇ」

おばあさまは静かにうなずいている。

「しかしね、さすがだと思うこともあるんですよ。たとえばね、腰ひも一本でも誰がいくらで売ったかをきちんと紙に書いて残しておく。私も悪かったのですが、三益屋のときは、細かなものはつい、いい加減にしてしまっていました。そういうゆるみが、結局、大きな穴になってしまったと思い知りました」

八十吉は厳しい顔をした。

三益屋がなぜ店を閉めることになったのか、佐菜は詳しいことは聞かされていない。だが、おばあさまやほかの者たちが話していることをつなぎ合わせると、こんな話になる。

何年も前から三益屋の商いは少しずつ傾いていた。そして、父や八十吉ほか、店の者たちは挽回しようと躍起になっていた。

そんな中、父が死んだ。

八十吉たちは心をひとつにして、今こそ、頑張りどころだと奔走していた。

そのひと月後、父の後添いのお鹿と息子の市松の姿が消えた。

金蔵の中には借金の証文だけがあり、売るべき帯はなくなっていた。

三益屋は店を閉めるしか道は残されていなかった。

後始末の先頭に立ったのはおばあさまだ。

旧知の帯屋、近江屋に借金を肩代わりしてもらい、代わりに店の権利をすべて譲り渡すことで話をつけた。一日店を閉め、翌日から店ののれんは三益屋から近江屋に変わり、奉公人たちはそっくりそのまま近江屋に引き受けてもらった。おばあさまと佐菜は室町の家を引き払い、わずかな荷物を持って神田に引っ越したのだ。

佐菜が茶を運んでいくと、八十吉とおばあさまは語らず、それぞれの思いにひたっていた。

だが、茶を一口飲むと、八十吉はこれからが本題だというように座り直した。

「じつは、今日、近江屋の主から相談がございましてね。そのことで、急ぎうかがいました。ほかでもない、佐菜さまのことでございます。ご縁談がございます」

「おや佐菜はまだそんな……」

おばあさまは驚いた顔になる。

「いやいや、大おかみ。佐菜さまはもう十六におなりですよ」

両国の富士見屋という海苔屋の四十になる惣領息子がいまだ独り身でいる。両親は早く孫の顔を見たいと思っているが、本人はその気がなかった。しかし、この春、母親が腰を痛めて寝付いたことで、重い腰をあげた。

「両国では名の知られたお店で、あのあたりの料亭に納めております。三益屋の事情も、ご説明させていただきました。近江屋の主人が後見人になってもよいと言っています。そして、なにより……、ここが肝心なところでございますが」

そう言って、八十吉は大きくうなずいた。

「大おかみの暮らしが立つように考えてもよいとおっしゃっているのです」

よい話だ。

佐菜は嫁に行く。おばあさまの暮らしも立つ。

すべて丸く収まる。

ついに助けの舟が来たのか。

そう思ったが、おばあさまは口をへの字に曲げ、八十吉の顔から笑みが消えていた。

「それは、ありがたいお話ではありますが。……なぜ、佐菜なのですか。お前も知っての通り、三益屋はなくなりました。わたくしと佐菜は神田でひっそりと暮らしております。嫁入り支度もできません。佐菜はこの通りの内気な娘ですから、おかみとしてお役に立つということもないでしょう」

八十吉はぐっと奥歯を嚙みしめていたが、ついと顔をあげた。

「大おかみの前でございますから、すべてを包み隠さずお話しいたしましょう。じつは、富士見屋さまの息子さんは穏やかで人柄もよく、商売熱心と評判の方です。佐菜さまを大切にしてくださる方と思います。しかし……、問題は、そのお母さまです。なかなかに厳しい方で、お二人の方が嫁いだもののご実家に戻られました」

そういうことか。

佐菜は膝においた手を握りしめた。

八十吉は言葉に力をこめた。

「けれど、逆にだからこそ、佐菜さまにお勧めしたいのです。大おかみに仕込まれて料理はもちろん、家事全般の心得がある。芯が強く、思いやりがある。もちろん、最初はうまくいかないこともあるかと思います。けれど、佐菜さまの真心は、お姑《しゅうとめ》さまに必ず届きます。佐菜さまなら、乗り越えていかれると思います」

佐菜は黙っていた。おばあさまは遠くを見る目になった。

「……八十吉めも、もっといいお話を持ってこられたらと思います。けれど、これが精いっぱいなのです。申し訳ありません」

八十吉は両手をついて頭を下げた。

「顔をあげてくださいな。いいんですよ。心にかけてくれていたこと、うれしく思います。でもねぇ……。前のお二人はともかく、佐菜にはもう、戻る家がありませんから」

そうか。そういうことか。

何度か嫁に去られた富士見屋は世間体を気にしている。今度こそ、実家に帰らない嫁がほしい。

だから佐菜なのか。

すとんと腹に落ちた。

「大おかみのお気持ちはよく分かります。でも、これから、お二人でどうやって暮らしていくおつもりですか？」

八十吉が静かな声で問いかけた。手習い所の看板をあげたが通ってくるのは正吉ひとり。佐菜は煮売り屋で働いている。早晩、手持ちの金は尽きるだろう。

もう、これしかないのだ。

この舟に乗れば二人とも助かる。

今、佐菜のすべきことはこれだ。

けれど。

佐菜は唇を嚙んだ。

「佐菜、あなたはどう思うのですか」

おばあさまがたずねた。

「……私は……」

言葉につまった。

やります。乗り越えてみせますと言えたらどんなにいいだろう。

「……少し、考えさせていただけませんか」

「そうですね。今日、聞いたばかりの話ですからね。構いませんよ。考えてください。けれど、あまり長くはお待たせできませんよ」

八十吉が言った。

「白和えもいいけどさ、もっとほかにご飯のおかずになりそうなものはないかい」

おかねがたずねた。

「そうですねぇ」

佐菜は首をかしげた。

室町の家では、野菜をよく食べた。ほとんどが江戸川沿いの畑で採れたものだったが、大根は練馬産だった。

朝採りの練馬大根は白くすんなりとして、わさわさと鳴るような立派な葉がついていた。根の方はふろふき大根やぶり大根、甘酢につけたりと様々に使う。大根の葉だってもちろん捨てたりはしない。細かく刻んで、油揚げや赤唐辛子とともにごま油で炒った。仕上げにごまをふり、醬油をざっと垂らして混ぜると、これもいいおかずになった。ご飯に混ぜておにぎりにするのもよいし、熱いご飯にのせてもおいしい。

「大根の葉の炒め物はどうですか?」

「ずいぶん地味なものを思いついたねぇ。いいよ。やってみな」

さっそくつくってみた。

室町の家で何度もつくっているから失敗はしない。

細かく刻んで、じゃこや赤唐辛子といっしょに炒めて、最後に鍋肌から醬油をじゅうっとたらす。仕上げに白ごまをたっぷりとふる。ごま油で炒めるのと、最後に醬油を鍋肌からたらすのが決め手で、少し苦い大根の葉がなんともいえないおいしさに変わる。

「なんだ、めずらしいもんがあるじゃねぇか」

瀬戸物屋の主の権蔵がすぐに目をつけた。

「佐菜ちゃんがつくったんだよ。家でよく食べていたんだってさ。大根の葉の炒め物」

「なあるほどねぇ。こういうもんを食っていると金が貯まるんだな」

憎まれ口をききながら店の奥の空き樽に腰をおろす。

一口食べて「ほお」という顔になった。

「ほんとに、これ、大根の葉かい？　大根の葉ってのは筋っぽくて、もそもそして硬いじゃねぇか。うちのかかあは、時々、汁の実にしたりするけど、まずいなあって思いながら食ってた」

「見てみな。細かく刻んであるだろ。よく切れる包丁だから、葉も茎もお上品に仕上がるんだよ」

「たしかにな。しゃきしゃきして、大根のちょいとほろ苦い味もあってさ、そんで醤油の加減が丁度いい。おい、白飯あるかい」

「なんだよ。ここはあんたの家じゃないんだよ」

文句を言いながら、おかねは権蔵の皿に白飯をのせてやる。権蔵は大根の葉の炒め物を白飯と混ぜ、好物の内藤唐辛子をふるとかき込んだ。

馴染みの職人が来ると権蔵は言った。

「ほら、そこに大根の葉の炒め物ってやつがあるからさ、買ってったほうがいいよ。飯にのせてもいいけどさ、酒のあてにもなる。……悪いね、あいつにもちょいと食べさせてやってくれ」

自分の店のように佐菜に指図する。

佐菜はあわてて小皿にのせて持って行った。

「へぇ、これ、大根の葉っぱかい。こんな風になるんだなぁ」

「な、そうだろ。びっくりだよ。一味唐辛子をふると、倍、うまいんだ」

権蔵は得意げに言い、職人は勧められるままに買っていった。

次のお客は若いお店者でなにを買おうか、迷っている風だった。今度は権蔵ではなく、佐菜が言った。

「大根葉の炒め物はどうですか。ご飯にのせてもいいですし、お酒のあてにもなります。一味唐辛子をふると倍、おいしいです」

「へぇ、ちゃんと言えるじゃねぇか」

権蔵がにやりとした。

佐菜は赤くなってうつむいた。

その後も、お客が次々と来て大根の葉の炒め物を買っていくのを見ると、気持ちが明るくなった。

自分の料理をみんなが喜んでくれる。おいしいと言ってくれる。

今まで佐菜の料理を食べるのは、おばあさまと竹と下男の吉蔵《きちぞう》だけだった。みんなはおいしいと言ってくれたけれど、それは身内だからで、こんな風に世間に通用するとは思ってもみなかった。

暗い海に光が射したような気がした。

やっていけるかもしれない。この町で。

まだ、それは、本当にかすかな予感のようなもので、まばたきしたら消えてしまいそうに頼りないけれど。

そろそろ店を閉める時刻で、奥の板の間では正吉が寝転んでいる。

「おかねさんはどうやって、このお店をはじめたんですか」

「うん、まぁ、勢いだね。畳職人だった亭主が死んだのが四年前、そのとき正吉は二歳だった。知り合いの煮売り屋で正吉を背負って働きはじめたんだけどさ、人に雇われていちゃ、たいした金にはならないよ。なんとかしなくちゃって思ってた。たまたま、この店の前を通ったら、空き家の張り紙があるじゃないか。突然、閃《ひらめ》いたんだ。自分で店をやればいいんだって」

「元手は貯めてあったんですか」

「そんなもん、あるわけないよ。とにかく、そこいら中からかき集めたよ。でも、ちゃんと返しているよ。借金っていうのは、たとえわずかでも、毎月、同じ日にきちんと返すことが大事なんだ。それが信用ってもんさ。なんだよ。佐菜ちゃんも店を出したくなったのかい」

おかねがたずねた。

「昨夜、昔の知り合いが来たんです」

佐菜は八十吉が縁談を持って来たことを話した。三益屋の事情がからみ、行きつ戻りつする佐菜の話をおかねは辛抱強く聞いてくれた。

「つまり、あんたはおばあさんと二人で食べていくために、そこに嫁に行こうと思っているんだね」

「はい」

「それで、あんたはどうなんだよ。そこに嫁に行きたいのかい。本当にやっていけると思っているのかい」

佐菜はうつむいた。

「やめときな。そんな程度の覚悟じゃ、辛いだけだ」

おかねが厳しい顔をした。

「こう言っちゃなんだけど、気の利いたお愛想も言えないし、機転が利く方でもない。お姑さんにうまく取り入ることもできないよ」

分かっている。言われなくても、佐菜が一番よく知っている。

「甘えた考えは捨てるんだね。今までは、守ってくれる人がいたかもしれないけど、もういないんだ。あんたがあんたとおばあさんの暮らしをたてなくちゃだめなんだよ。おばあさんは、あの年だ。守るのは、あんただよ。分かっているかい。腹をくって自分でなんとかするんだよ」

暗い海に小舟が浮かんでいる。

その舟の櫂《かい》を握るのは佐菜なのか。

「そりゃあ大変だよ。簡単なことじゃない。だけどさ、あんたが一生懸命やっているって分かったら手を貸してくれる人がいる。ここは、そういう町なんだ。やってみな。あんたには料理があるじゃないか。あたしだってできたんだよ。あんたにだって、できるはずだ」

佐菜は小さくうなずいた。胸の奥が熱くなった。

家に戻ると、おばあさまが待っていた。佐菜はおばあさまの前に座った。

「昨日の八十吉さんのお話ですが、お断りしてもよいでしょうか。申し訳ありません。せっかく八十吉さんがもってきてくれたお話でしたが、私にはほかにやりたいことがあるんです」

「やりたいこと？」

「おかねさんの店で白和えと大根の葉の炒め物をつくって売りました。お客さんが喜んでくれました。私の料理で暮らしをたてていけるか分かりません。でも、やってみたいのです。やらせてください」

おばあさまは小さくうなずいた。

「そうですね。わたくしも、あのお話は断ろうと思っていました。あなたのおじいさまの父、三益屋の初代、蓑之助《みのすけ》は天秤棒ひとつから身を起こしたのですよ。あなたにもその血が流れています」

初代は十二歳のとき、近江から江戸に奉公に来た。十六で店を出て、天秤棒をかついて古着を売った。三十で最初の店を浅草に、六十の年に息子とともに念願であった日本橋に店を持った。

「やりましょう」

おばあさまは言った。その言葉が終わらぬうちに、ほろりと涙がひとつこぼれた。おばあさまも不安なのだ。

今、あるのは小さな希望だけ。

暗い海の向こうに見える光を信じて進むのだ。

3

「あと、十日くらいかねぇ」

「五日ってところじゃねぇか」

そんな話が毎日交わされている。

神田川沿いの桜のことである。大きな桜の木が一本あって、毎年、その下に町内の人たちがあつまって花見をする。

問題は、いつ満開になるのかだ。

「神田明神にお参りにいったら、日当たりのいいところじゃ、もう結構咲いているんだよ」

「ああ、日本橋も見ごろだった」

川沿いの桜は日当たりが悪いのか、川風が冷たいのか「おくて」の方である。

そんなわけで、毎年、町内の人々をやきもきさせている。

その日はおかねの店に、お民、権蔵、差配の常連がいた。町内の顔役三人である。

「よし、五日後ってのはどうだ？」と権蔵。

「おお、大安だよ」

差配が懐から暦を取り出して言う。

「じゃあ、決まりだね」

おかねがうなずき、話は決まった。


夜、店を閉めようかという時刻に、お民が再びやって来た。湯屋もしまい湯で手が空いた時刻だ。

「花見のことなんだけどさ、今年は料理を折詰めにしようかと思うんだ」

お民が言った。

「大皿盛りじゃなくて？」

おかねがたずねた。

「だからさ、大皿盛りにするから毎年喧嘩になるんだよ」

かまぼこは一人二切れ、団子は一串と決めているのに余分に食べる者がいる。後から来た者が食べそこなって文句を言う。酒が入っているから口喧嘩のはずが手が出て、殴り合う。大騒ぎだが、元はと言えばかまぼこの取り合いである。

「折詰めなら、自分の分が決まっているから遅れてきた人も安心だろ。まぁ、手間はかかるけど、今年は、あんたんところも一人増えたんだからさ」

お民はちらりと佐菜を見た。

「ああ、まぁ、そりゃあ、かまいませんけどね。数だけは前もって教えておいてもらわないとね。直前になって増やすの、減らすのって言われても困りますから」

「ああ、もちろんだよ。金も集めておくからさ。それでいいだろ」

話は決まり、なにごとも手早いお民は翌日には数をまとめて来た。三十五人分、三十個の注文である。注文の数が少ないのは、子供が小さくて親子で一つのところもあるからだ。三十個の中にはおかねと正吉、おばあさまと佐菜の分も入っている。

花見の料理は毎年、だいたい決まっている。

握り飯に鯵《あじ》の蒲焼き、きんぴらごぼう、里芋の煮転がしにかまぼこ、ぬか漬けに団子だ。

ご馳走というには少々気が引けるが、みんなが好きなものばかりだ。

「色が地味だね。よし、握り飯は大根の葉の炒め物の混ぜご飯にすればいい。緑が入ってきれいだ」

「はい」

自分の料理を使ってもらえると聞いて佐菜はうれしくなった。

「あんたの白和えも入れよう。具はにんじんといんげんだ」

「いいんですか」

「あったりまえだよ。評判よかったじゃないか」

「一生懸命つくらせていただきます」

声が華やいだ。

小雨が降る日があって心配させられたが、お民たちの見立て通り、五日後に桜は満開になった。風が吹くとはらはらと花びらが落ちる。風流である。

佐菜は朝からおかねの店で仕込みに入った。一升釜でご飯を炊く。その間に芋の皮をむき、大根の葉を刻み、ごぼうをささがきにし、鯵を三枚におろす。おかねは芋を煮て、きんぴらをつくり、鯵をたれに浸す。正吉も板の間に机をおいてもらって、薄い輪切りにしてゆでたにんじんを桜の型で抜き、白和えの下に敷く笹の葉を茎からはずした。

「正吉ちゃんも、こういうときはおとなしく座っていられるんですね」

佐菜は驚いて言った。

「おいらだって、じっとしていられるんだ。ただ、それが長続きしないだけだ」

えへんという風に答えた。正吉の性格をよく知っているおかねは、こまごまとした仕事を次々と与えている。

「おばあさんのところは、いろいろ新しいことを教えてくれるんだろ？」

おかねがたずねた。

「ああ。ばあちゃんは物覚えがいいっておいらのことを褒めてくれる」

「佐菜ちゃんのおばあさんは物識《し》りだからね」

きんぴらごぼうをつくる手を休めずにおかねが言う。

じゃっという音とともに、ごま油の香ばしい匂いが店に広がった。

「へん。ばあちゃんはおいらに言わせれば、物を識らないよ。この前も、あめんぼうが飛ぶのを見て驚いていた。おいらが、あめんぼうは虫だから水の上をすいすい動くだけじゃなくて、飛ぶこともできるんだって教えてやったら、えらいねぇって感心していた」

「はは、そうかい。あのおばあさんも知らないことがあるんだねぇ」

おかねが楽しそうに笑う。

おばあさまの知識は読書や習いごとによって身につけたものがほとんどだ。伊勢物語には詳しいが、草花はあまり知らない。虫は苦手だ。あめんぼうや水すまし、蝉やかぶと虫はもとより、触れると丸くなるだんご虫に至っては考えることすらなかったに違いない。

「おばあさまも正吉ちゃんから新しいことを教わるのが楽しいって言っていたわ。物覚えがすごくいいんでしょ」

「そうさ。火の玉は食うってやつは、三日で覚えたよ」

――子曰《のたまわ》く、学びて時にこれを習う、また悦ばしからずや。

大きな声で唱えた。論語の一節である。

教わって、これを復習する。なんと愉快なことであろうかというような意味である。

「じゃあ、今はなにをやっているんだよ」

「まぁ、だいたいは外を歩く。たまに習字。あれは好きじゃない。算盤の方がまだいいな。風呂屋の歌も教わった。桜が咲いているんだ」

そんな歌があっただろうか。

佐菜は首をかしげる。

「そりゃあ、いいね。お民さんが喜ぶよ。花見の余興で歌ってもらおうか」

きんぴらの味見をしているおかねはのんきに答えた。

そうこうしているうちに、ご飯が炊きあがった。

一升の飯を大きな飯台《はんだい》に移すと盛大に湯気があがった。大根の葉の炒め物を加える。じゃこと白ごまを入れた香ばしいものだ。しゃもじでざっくりと混ぜ、握り飯にする。

手水をつけて熱々のご飯を握る。

おかねの手の中でご飯はひょいひょいと転がって、あっという間に三角になる。佐菜も負けずにつくるが、おかねの手際には及ばない。飯台に盛り上がっていたご飯がみるみる減っていった。

甘じょっぱいたれに漬けておいた鰺は串に刺して焼き上げる。うなぎにはかなわないが、悪くはない。白和えを仕上げると昼も過ぎていた。

「一休みしようか」

おかねが腰をとんとんと叩いて背を伸ばした。三人で握り飯とたくあんのしっぽ、ありあわせの材料を入れた汁で昼飯にした。

「きれいな白和えだ。若い娘さんがつくった料理って感じがする。花見にぴったたりだ」

おかねが言った。豆腐の和え衣から赤いにんじんと緑のいんげんが顔をのぞかせている。

「ありがとうございます」

佐菜は料理をほめられてうれしくなった。

「あんたの白和えがあるから、鯵の蒲焼きはちょいと味を濃い目にした。いっしょに食べるとちょうどいいんだ。しょっぱい味好きの男衆《おとこし》も気にいるよ」

おかねはにやりと笑う。

折に詰めると、茶色のおかずの中で白和えの白がよく映えた。かまぼこも白いけれど、それとはまた違う、しっとりとしたきれいさで、鯵の蒲焼きやきんぴらごぼうを引き立てていた。

夕方というにはまだずいぶん早い時刻に、お民たちがやって来て、みんなで折詰めを桜の木の下に運んで行った。桜の木の下にはござが敷いてあり、権蔵やそのほか、顔見知りの職人たちがすでに座って、ちびりちびりと酒を飲んでいる。ばらばらと子供たちや、母親たちがやって来た。

お民が折詰めを配る。

「あんたのところは一個だね。もう旦那が先に受け取ったよ」

しっかりと注文通りに手渡すのはさすがである。

おばあさまも来て、佐菜とおかねと正吉はござの端っこの方に座った。

最初は差配の挨拶である。町内に長屋が二つばかりあるがどちらも大家は同じなので、差配は両方の面倒を見ている。今年もみんなが元気に集まれてよかったというようなことを言った。それから飯と酒、茶がふるまわれる。

おかねを手伝って佐菜も茶や酒を注いでまわる。

ふと見ると、人の輪の端におばあさまが座っていた。

粗い木綿の細縞の地味な着物を着ているが、背筋がすっとのびて、そこだけ違う風が吹いているような気がした。

酒もすすんで座が和んできた。

「よし、じゃあ、景気よく歌でも行こうか。まず、最初は……」

権蔵が見回す。

「おいらが歌うよ。風呂屋の歌だ」

正吉がすっくと立ち上がる。

「おお、元気がいいな。よし、じゃあ、まずお前がいけ」

権蔵は手拍子を打とうと手を広げ、歌を待つ。正吉はいきなり甲高い声をあげた。

『ゆーめのまおしきーはぁるぅなれやー』

権蔵が「あれ」という顔になる。

「アア、ソレソレ」とか、「ホイサッサ」と合いの手を入れようと待っていた男衆もぽかんとしている。

『さぁくーころーはなをたーずねん』

雅な謡《うたい》の一節が流れた。

しんとしてしまった。

「えっと、まぁ、なんだな。その歌、だれに教わったんだ？」

気を取り直して権蔵がたずねる。

「手習い所のばあちゃんだよ」

「……ああ、そうか。あのばあさんか」

一同の目がおばあさまに集まる。おばあさまは優雅に目礼を返す。

——じゃあ、まぁ、仕方ないか。

そんな気分がその場に流れた。

「よし、じゃあ、次は俺が歌う」

気を取り直したように左官職人が名乗り出る。それからは、それぞれ得意ののどを披露した。

「おばあさま、さっきのあれは『熊野《ゆや》』ですよね」

佐菜が小声でたずねた。

「そうですよ。正吉は熊野を湯屋と勘違いしていたんですね。あの子は物覚えがよくてね、一度聞いただけで覚えてしまいました」

おばあさまはすましている。

熊野は平宗盛《たいらのむねもり》の愛妾の名だ。病の床にある母を見舞いに行きたい熊野と花見の宴に呼びたい宗盛を描いた能である。

突然、謡が出たのだから、みんなはびっくりしただろう。

佐菜はおかしくなって笑った。

薄青い空に桜の花が夕暮れの日を浴びていた。川風にひとひら、花びらが散った。

去年の今ごろは室町の家で庭の桜を眺めていた。まさか、一年後、この場所でこんな風に桜を見るとは思わなかった。

そうか、だから熊野か。

佐菜はおばあさまの横顔を見た。

――夢の間惜しき春なれや、咲く頃花をたずねん。

宗盛は平清盛《きよもり》の息子だ。我が世の春を謳歌していたころは、京都を去る日が来るなど考えてもみなかっただろう。だが、やがて平家は滅亡し、自身も斬首となる。謡の中では自分勝手で嫌な男にも思えるが、桜と同じく、宗盛の栄華も短い。

もしかしたらおばあさまは、宗盛に自分を重ねていたのかもしれない。

「おばあさま、お弁当の中の大根の葉の炒め物も白和えも私がつくりました。おいしいって言ってもらいました。これからもみなさんに喜んでもらえるように、料理の腕をみがきます。だから、安心してください」

佐菜は思わず、そんな風に声をかけた。

「そうですか。佐菜がそう言うなら安心ですね。大船に乗った気でいますよ」

おばあさまは微笑《ほほえ》む。

佐菜は急に不安になった。

どこが大丈夫だ。

おかねに背中を押してもらってやっと歩き出した。……いや、歩き出そうとしたところではないか。

えらそうに大口をたたいてしまったと、自分が恥ずかしくなった。

どこからか追いかけっこをはじめた子供たちの笑い声が響いて来た。佐菜は立ち上がって川沿いの道を歩いた。

足元に菜の花が咲いていた。

佐菜の名前は父の佐兵衛から一文字もらい、菜の花の季節だからと「菜」の字をとった。

おばあさまは花なら桜、牡丹、百合があるじゃないかと言ったけれど、普段大人しい母がそのときばかりは菜の花にしたいと譲らなかった。菜の花は春のはじめ地面を明るい黄色に染め、種からは油がとれ、花が終われば土に還って人の役に立つからと。

あでやかに咲き誇る花ではなく、地味でもだれかの役に立つ者であってほしいと願ったのだろう。

今はまだ、たいした役に立てないかもしれない。いつか、だれかの力になれる人になろう。守られる人ではなく、佐菜がおばあさまを守るのだ。

そう心に誓うと、なんだか、気持ちが軽くなった。

まだ明るい空に白い月が出ていた。

二話　春日局の七《なな》色《いろ》飯《めし》

1

　桜が散って葉桜になると、季節は一気に勢いを増した。木々は芽吹いて若葉を光らせている。さつき、てっせん、藤、すいかずらが咲きだした。

　なんとか月末をやり過ごし、佐菜はおかねの店であれこれと料理をつくらせてもらっている。

「たけのこ掘りに行こうよ」

　おかねが言った。

　知り合いのお屋敷の裏に立派な竹林があり、毎年、たけのこ掘りに行くのだそうだ。

「正吉も行きたいって言ってるんだ。掘ったたけのこは持って帰れるし、昼には弁当がでるんだ。そうだ。よかったら、あんたのところのおばあさんも一緒にどうだい？」

家に帰っておばあさまにその話をすると喜んだ。

「なつかしいですね。佐菜は覚えていないかしら。根岸の家で、毎年たけのこ掘りをしていたじゃありませんか」

おじいさまが生きていたころ、根岸にも別邸があった。毎年春、おじいさまやおばあさま、両親、佐菜はたけのこ掘りに出かけた。

実際に掘るのは下男や近所のお百姓さんで、佐菜たちは脇で見ているだけだ。

もちろんその後は宴会で、掘りたてのたけのこの炭火焼きにたけのこご飯、わかめと炊き合わせた若竹煮、さらに鯛の塩焼きなどが膳に並んだ。

「おばあさまの思っているようなたけのこ掘りではないと思いますよ」

佐菜はやんわりと釘を刺す。

「もちろんよ。ご馳走がでるとは思っていませんよ。でも、掘ったたけのこはいただけるでしょ。掘りたてのたけのこにまさるものはありませんよ」

おばあさまははしゃいだ。

翌朝、佐菜とおばあさまがおかねの店に行くと、おかねはすでに手甲《てっこう》、脚絆《きゃはん》、首手ぬぐいと身支度を整えて待っていた。正吉もおかねの手作りらしい腹がけと手甲脚絆で身ごしらえしている。

「まぁ、かわいらしい。お祭りのようですねぇ」

おばあさまは目を細めた。

「なにをのんきなことを言っているんだよ。たけのこ掘りははじめてなのかい。竹林の坂は急で、刺す虫もいるんだよ。そんな恰好じゃだめだよ」

おかねに叱られて、佐菜とおばあさまも手甲脚絆を借りて身支度をした。

行き先は早雲流という能楽師の家元の住まいで、この家に出入りする植木屋がおかねの店の客という縁である。

佐菜たちが行くと、いつもは閉まっている表門がこの日ばかりは大きく開け放たれ、ぞろぞろとたけのこ掘りの人々が入っていくところだった。将軍家にお出入りをする由緒正しい名家だそうで、広い敷地に総檜造りの立派な屋敷が建っていた。案内されて脇の小道を進んで裏手に回ると急な坂があり、そこが竹林になっている。

傍らに物置のような小屋があり、その前に十人ほどが集まっていた。どうやら近隣に住む職人や商人たちらしく、子供連れもいる。みなおかねと同様、しっかりと身支度をして手にはくわやかごを持っていた。

「今年もご苦労さまでございます。足元が悪いですからご注意くださいませ」

使用人らしい初老の男が挨拶をした。おかねと佐菜はくわと古い包丁を借りた。

「奥の方にいい場所があるんだ。ついておいで」

佐菜に声をかけ、おかねは慣れた様子で竹林を降りていく。坂というより崖のようで傾斜がきつく、落葉が散り敷いた足元はすべりやすい。佐菜は竹につかまりながらおかねを追った。おばあさまと正吉は小屋のあたりで留守番である。

少し行くと、日当たりがよく、斜面のなだらかな場所があり、そこでおかねは待っていた。地面から顔をのぞかせているたけのこには目もくれず、落葉を足で蹴散らし、地面をにらみ、つま先でとんとんと叩く。

「頭を出しているやつは固くて、地面の下のがうまいんだ。よし、ここだ」

うなずくとくわを入れた。ざくりと土が掘れて、たけのこの小さな頭が見えた。

農家生まれのおかねはくわの扱いに慣れている。高く振り上げ、反動を使って地面に打ち込む。思いのほか、たけのこは大きくて太いらしい。おかねは休まず、ざくざくとたけのこの周りの土を掘っていく。

おかねが振り返って言った。

「おう、佐菜ちゃんもやってみるか」

「はい」

返事は良かったが、くわが重くて持ち上がらない。

「腕だけじゃ、あがらないよ。腰で持ち上げるんだ」

「あ、はい」

そう思った途端、足がすべった。

「だめだよ。それじゃあ、自分の足を切っちまう」

呆れた顔になったおかねはひとりで続きを掘る。八分通り掘り上げると、がっんと根元にくわを打ち込んで茎を切った。

「ほい」と手渡されたたけのこはずしりと重く、切り口ははっとするほど白く、土の匂いがした。すぐに切り口からうっすらと水が染み出て来た。

それからも、おかねは次々とたけのこを見つけ、掘りだしていく。佐菜は包丁で地面を突いて小さな若いたけのこをとった。

背中にしょったかごがずしり、ずしりと重くなっていく。

幸せな重さだ。

風が吹くと、さわさわと竹の葉がなり、木漏れ日が糸のように落ちて来る。竹林の中はひんやりするくらい涼しいのに、首筋から汗が流れた。

「よし、このくらいでいいだろう」

おかねが言ったときには、二人のかごはたけのこでいっぱいになっていた。

戻って来ると、おばあさまは涼しい木陰で品のいい老人と話をしていた。みごとな禿頭である。福々しい丸顔で鼻筋が通り、きれいな二重の目をしていた。袈《け》裟《さ》を着せたら、徳の高いお坊さまに見えるのではあるまいか。

「佐菜、この方はこちらにお能のお稽古にいらしているんですって。わたくしも娘時代から仕舞を習っていたとお話ししたところですよ」

「この方がお孫さんですか。いや、久しぶりにお能好きにお会いして、私もうれしくなりましたよ。ほら、聞こえて来るでしょう」

と、早雲流の屋敷の方を向いて「お坊さま」が言うと、風にのって謡が聞こえてきた。おばあさまも楽し気に耳を傾けている。

「あれは『隅田川』でございましょう」

「ほう、お分かりになりますか」

「もちろんですよ。わたくしはこのお話が大好きなんですよ。悲しいお話ですけれど、そこがね」

『隅田川』は幼い息子をさらわれた母親の話だ。悲しみのあまり物狂いになった母親が京から江戸までやって来たが、すでに息子は死んでいる。

その母親の前に息子の声が聞こえる。死んだ息子が母親に会いに来たのか、あるいは母親にだけ見える幻なのか。

「かわいい盛りの息子を失った母親がかわいそうで、自分でお稽古していても泣けてしまうんです」

「まったくですなぁ。子供というのは無闇にかわいい。もう、理屈じゃなくて愛おしい。目に入れても痛くないとはこのことだ。息子のときはこっちも自分のことに夢中だったから、さほどに思わなかったのですが、孫はかわいい、別格だ」

「まぁ、そうですか」

妙に気の合っている二人を残して、佐菜はおかねと帰り仕度をはじめた。竹林に入っていた人たちも次々と戻って来ている。

「正吉、帰るよ。どこにいるんだよ」

おかねが声をかけると、藪の向こうからびしょぬれの正吉が走り出て来た。

「おかあちゃん、暑いから井戸の水をかぶったんだよ。気持ちいいよ」

頭から滴《しずく》をたらしながら、おかねに抱きつこうとする。

「触るんじゃないよ。あたしまで濡れちまうじゃないか。しょうがないねぇ。あんたは濡れたまま家に帰るんだよ。歩いているうちに乾くから」

「いいよ。平気さ。それよか、手ぬぐいの中を見るか」

懐から手ぬぐいを取り出した。中で何かが動いている。

「まさか、虫じゃないだろうね」

「蛙だよ。緑のきれいなやつだ。ぴかぴか光っている」

「だめだ。置いて行きな。うちは食べ物屋だよ。蛙だの、虫だのがいたら、商いに差し支える」

「店じゃなくて裏で飼うよ。そんなら、いいだろ」

「生きられないよ。かわいそうだから、ここにおいて行くんだ。放しておやり」

そんなやり取りが何度かあって、正吉はしぶしぶ蛙を藪に放した。

店に戻ると、おかねはさっそくたけのこをゆでた。

泥のついたたけのこを井戸端で洗うのは佐菜の仕事だ。

たわしでごしごしとこすって泥を落として鬼皮をはずす。大きな立派なたけのこが五本、中くらいが三本、こぶしほどの小さなものが十個もある。

台所に持って行くと、おかねは力任せにざくりと包丁を入れて、頭の部分を切り落とした。身の方にも包丁を入れると、幾重にも重なった皮が見えた。外の皮は厚く茶色く、内にいくにしたがって白く、薄くなる。

大鍋でぬかと赤唐辛子を加えて煮る。湯が沸くと、ぷくぷくと大きな黄色っぽい泡が出て来た。泡はどんどん増えて鍋を覆い、落とし蓋をのせると、その上にまで広がっていく。店はたけのこの香りでいっぱいになった。

「お、たけのこをゆでてるのかぁ。あんたんとこの、たけのこはうまいからなぁ」

さっそくやってきた権蔵が言った。

「当たり前だよ。このたけのこは、立派なお屋敷の竹林で育った氏素性のしっかりしたもんだ。楽しみにしておくれよ」

おかねは答えた。

小さな若いたけのこは、あく抜きをしなくてもすぐ食べられる。若竹煮にしてもよし、ねぎといっしょに焼くのもおいしいし、瓜と合わせて酢の物にしてもよい。もちろんたけのこご飯ははずせない。

ご飯が炊けるのを待ちかねたように権蔵が再びやって来て、店の奥の空き樽に腰をおろす。

「たけのこは精がつくからね、寿命が延びるんだ」

醬油と少しの砂糖でこんがり焼き色をつけたたけのことねぎに、大好きな内藤唐辛子をふって頰張っている。

「権蔵さん、とっておきのやつがあるよ。たけのこの刺身だ」

おかねがにやりと笑って出して来たのは、手の平に乗るような小さなたけのこをゆでて、ごく薄く切って醬油とかつお節をふったものだ。象牙色のたけのこはつややかで、醬油を含んだかつお節がその上で身をよじらせている。

「そうだよ。これだよ。これを待っていたんだよ」

権蔵は目尻を下げた。

佐菜もおかねに一切れもらって食べた。

かすかなえぐみと土の香りが口に広がった。歯触りよく、みずみずしく、華やかで、少しとげがある。

なぜかおばあさまの顔が浮かんだ。

おばあさまは世間からは、物識りでしっかり者と思われているけれど、かわいらしく、わがままな一面もある。神田に来た当初はしっかり者の大おかみの顔を見せていたが、最近、だんだんと、かつての様子を取り戻しつつあった。

今日だって張り切ってたけのこ掘りに来たのに、急坂を見た途端にここで待っていると言い出した。戻って来ると、ちゃっかりすてきな殿方と楽しそうにおしゃべりしていた。おばあさまは美人だし、そのことを自分でもよく分かっている。そして、多くの殿方は美人に弱いのだ。

権蔵が帰ってしばらくすると、お民がやって来た。

「湯屋は今から忙しくなるんだ。腹ごしらえしとかないとね」

たけのこご飯の握り飯にたけのこと瓜の酢の物を食べて、やっぱり食べたいからと若竹煮を追加する。

しかし、たけのこの楽しさはまだ序の口だ。

翌朝はあく抜きを済ませた大きなたけのこが登場する。煮てよし、焼いてよし、揚げてさらによしである。

2

二日ほど後、手の空いた午《ひる》すぎだった。訪ねて来たのは、濃い紫の着物の品のいいお女中である。

「こちらに佐菜さんという方はいらっしゃいませんか。その方に、ご相談したいことがあるのですが」

「あ、はい。……私です」

青菜を刻んでいた佐菜は手を止めた。

「朝餉に白和えをつくっていただきたくお願いにまいりました。わたくしどものところに来ていただけますか」

「……つくる……、朝餉に……、ええっと」

意味がわからず振り向いておかねに助けを求める。

「つまり、この店で買うんじゃなくて、そちらでつくってほしいと。……まぁ、何かよく分からないけど、話だけは聞きますよ。さっそく奥にと言いたいところだけれど、見た通りの狭い店だから進み過ぎると隣の家に行っちゃうからね」

おかねが軽口をたたく。とりあえず、店の中に入ってもらい、空き樽を三つ並べて女とおかね、佐菜が座った。

女は糸《いと》と名乗った。代々、能の囃子《はやし》方《かた》の大鼓《おおつづみ》を担っている石山流宗家の女中だという。

「若君の専太郎《せんたろう》さまは食が細くて、なにを食べてもおいしいとおっしゃいません。ところが、先日、こちらの白和えを差し上げましたらとても気にいったご様子でしたので、ぜひ、お願いしたいと思っております」

「白和えねぇ。それだけでいいのかい」

「ご飯も汁も家の分はこちらでつくりますから白和えだけで……。なにしろ若君は好き嫌いが激しくて、食べられるものが少ないのです。ご存知のように習い事は六歳の六月六日にはじめるとよいと言われております。若君も今年からお稽古をはじめます。朝餉をしっかりと食べてもらいたいのです」

他人の家で料理をするなんて、できっこない。

佐菜はそっとおかねの袖をひいたが、おかねは勝手に話を進める。

「もちろん、お礼はいただけるんでございましょうね」

「はい。相応のものを考えております。とりあえず三日間でこれくらいを。材料はこちらで用意いたします」

取り出した算盤にお糸が珠を置く。それを見たおかねと佐菜は目を丸くした。店で買えば一皿十文の白和えに百五十文を払うという。

「本当に白和えだけでいいんですか」

おかねが念を押す。

「はい。あとは、少し若君の話し相手になっていただければ」

「それならお安いご用ですよ。いいよね。佐菜ちゃん」

「いえ、あの、でも……」

「そうだ、まず、一度、お屋敷にうかがわせてもらおうよ。……台所の様子も見たいし、できれば、その若君のお顔も拝見したい」

「はい。もちろんですよ。そうしていただければ、こちらも安心です」

話はまとまってお糸は帰って行った。

「おかねさん、ひどいじゃないですか」

お糸が帰ったあと、佐菜は真剣な顔で訴えた。

「なにがひどいんだよ。白和えだよ。それでお礼をもらえるんだよ。いい話じゃないか」

「だって……」

上手につくれるか分からないし、知らない男の子の話し相手も無理と、口の中でもごもごという。

「なんでだよ。ここで何度もつくったじゃないか」

それは、おかねと気心が知れてからの話だ。知らない人や知らない場所が苦手なのだ。

「大丈夫。いつも通りに白和えをつくればいいんだ。万一若君が食べなくても、あんたのせいじゃない。よし、ともかくお屋敷に行ってみよう。それで、若君とやらの顔を見る。やっぱり無理だと思ったら断ればいい。そうしよう」

おかねは勝手に決めてしまった。

さっそく二人で石山家の屋敷を訪ねた。先日、たけのこ掘りに行った早雲家のすぐ隣である。建物は一回り小さいが立派なものだ。

勝手口で案内を乞うと、お糸が出て来た。

「ご足労ありがとうございます。まず、台所から見ていただきましょう。こちらでございます」

台所に案内された。

四畳半ほどの板の間があり、それに続く土間があった。

ここで白和えをつくるのか。

そう思ったら、急に胸がどきどきして顔が熱くなった。

たしか、そういうときには手の平に人という字を書いて飲むといいらしい。何度もやっていると、おかねが気づいた。

「なにをやっているんだよ」

小声でたずねる。

「あがらないようにするおまじないです」

おかねが呆れた顔でお糸に水をもらってくれた。それを飲むと、気持ちが少し落ち着いた。

板の間には家族や内弟子、来客ための皿小鉢が入っているらしい大きな水屋簞笥がいくつも並んでいる。土間のかまどは土ではなく、四角い石を積み重ねたものだ。脇のかごには青菜やかぶが入っている。

お糸はざるや鍋など必要な道具を見せてくれた。

広さもあり、掃除もしているがなんとなくごちゃごちゃした感じがするのはなぜだろう。

包丁を見て、あっと思った。

刃がこぼれ、錆が出ている。上等の包丁なのに手入れが行き届いていない。

「あ、あの、包丁は家から持って来てもいいでしょうか」

「え、あんた、わざわざ包丁を家から持って来るのかい」

おかねが驚いて声をあげた。

「どうぞ、そのようにお願いします。ここにあるものは家の者も使いますから」

お糸が頓着のない様子で答えた。

そのあと、若君の部屋に案内された。

お糸が先に立って歩きだした。長い廊下の先の襖《ふすま》の前でお糸は立ち止まった。

「若君、専太郎さま、お休みでいらっしゃいますか」

何度か声をかけると、くぐもった声が返ってきた。

襖を開けると六畳ほどの明るい部屋で、やせて小さな子供が机に向かっていた。

佐菜はそっと目をあげて子供の様子を見た。

この子がこの家の若君、専太郎か。

手足が細く、外遊びをしないのか色が白い。やさしげな三日月形の眉と賢そうな目をしている。きれいな二重の目が先日会った「お坊さま」によく似ているように思った。

「先日、白和えをおいしいとおっしゃったので、その料理人を呼びました。明日の朝はその白和えですよ」

「……うん」

子供は細い指で器用に紙を折りながら、気のない返事をした。

「若君のお好きな食べ物はなんですか」

おかねがやさしくたずねた。

「うーん」

首をかしげる。

「では、苦手なものは、なんでしょうか」

さらに問いを重ねる。

「……魚と野菜」

「魚は大小にかかわらずお好きではありません。緑と赤の野菜は苦手ですが、白い野菜はいただかれます。白いご飯と豆もお好きです」

お糸が引き継ぐ。

結局、佐菜はほとんどしゃべらず、おかねとお糸が話し合った。

それでもなんとなく家の様子は分かった。小豆の白和えに決めて、木綿豆腐と小豆を用意してもらうことにした。さらに前金として半金もらった。

石山家を辞すとおかねが明るい声で言った。

「なんとか、うまくいきそうじゃないか。よかったねぇ」

「……そうですね」

佐菜は答えた。

とにもかくにも、やらなくてはいけないのだ。


家に戻っておばあさまに伝えると、おばあさまも喜んだ。

「さっそくお客さまがつきましたね。あなたの白和えは天下一品です。わたくしはそうお伝えしたのですよ。そうですか。あの方は石山家の方だったんですね」

「あの方というのは、おばあさまがお話をしていたお年寄りの……」

「お年寄りなんて言ったら失礼ですよ。あの方は名人です。石山家はお囃子方の大鼓の流派です。お稽古だなんておっしゃったけど、わたくしはすぐに気づきました。相当の使い手です。大鼓を打つ右手の指先が違いました」

「私のことをお話しされたのですか」

「ええ、もちろん。どうして、今日、ここに来たのかとおたずねになるから、孫娘が煮売り屋で働いていること、今は手伝いだけれど本当はとても料理が上手で、とくに白和えは絶品だと。三益屋は近江の出で、江戸風の甘じょっぱい味だけでなく、昆布だしなども使うのだと。そうしましたら、あの方も、何年か西の方で暮らしたことがあって、西の料理はなかなかうまいとおっしゃっていました」

そんな細かいことまでしゃべったのか。

「でも、心配でたまりません。初めての場所ですから」

おばあさまは少し考え、それからぽんと手を打った。

「大丈夫。手になじんだ道具を持って行きなさい。材料や手順も書きだしておくといいです。途中で分からなくなったときのために。でも、そんなものは必要ないと思いますよ」

夜のうちに、材料と手順を書きだした。彩りよく青菜やにんじんを具にしたいところだが、緑と赤の野菜が好きでないと言われたので小豆をゆでることにした。味つけはおかねのところではふつうの醤油を使っているが、京《みやこ》の淡い色の醤油を使いたい。石山家の台所にないと困るので、小さな器に入れた。

道具は包丁はもちろん、大小の鍋、裏ごし器とすり鉢、菜箸、しゃもじ、それに布巾も加えると、思いがけず大きな風呂敷包みになった。

早朝、暗いうちに家を出た。おばあさまが見送ってくれた。

「『人事を尽くして天命を待つ』という言葉があります。やるだけのことをやったら、あとは運を天に任せて度胸をきめろということです。大丈夫、佐菜ならできます」

「……はい」

「わたくしも見守っていますから」

ぽんと背中を押された。その手が温かい。

佐菜はおばあさまを守る側ではなく、まだまだ守られる立場であった。

ひとりになって歩き出すと、さまざまなことが頭に浮かんだ。

起こるかもしれないこと、もしかしたら起こるかもしれないこと、たぶん起こらないけれど、可能性があること。

考えながら歩いた。

気がつくと、石山家の前にいた。

石山家の屋敷が前日より大きく見える。顔が赤くなって胸がどきどきしてきた。

勝手口で案内を乞うと、お糸が出て来た。

「まぁ、今朝はありがとうございます。あら、大きな……、何がはいっているのでございましょう」

やはり、荷物が少し大きかったらしい。

「ええ、まぁ、包丁とかいろいろ」

もごもごと言い訳をする。

台所ではすでに女中のおりんが忙しそうに働いていた。小太りの人の良さそうな女である。

「あれ、あんただれ？」

「若君の朝餉の白和えをつくりにまいりました」

「ああ、はい、はい。聞いてますよ。必要なものがあったら、その都度聞いてくださいね」

おりんは仕事の手を休めずに言った。

台所の隅を借りて荷物をほどき、包丁、鍋、菜箸などをきちんと並べる。

水を一杯もらう。ひと口飲んで大きく息を吸い、仕事にかかった。

鍋に湯をわかし、木綿豆腐を入れた。余分な水分を取り除くひと手間である。

鍋底に小さな白い泡が浮かび、次々と水面にあがってくる。その鍋の中で木綿豆腐が揺れている。白というより生成りに近いやさしい色をしていた。表面には小さなでこぼこがあって、ほどよい重さがある。

丸い大豆といい水でていねいにつくった、おいしい木綿豆腐にちがいない。

そう思ったら、ふっと肩の力が抜けた。

頭で考えるより先に手が動いた。

鍋をおろして、小豆を煮始める。塩味にするか迷って、少し甘味をつけることにした。

おばあさまは佐菜には料理の才があると言う。いい目と耳を持っているからだそうだ。味覚ならおばあさまのほうがずっとすぐれている。けれど、佐菜はさまざまなことに気づくことができる。

鍋底から湧き出る泡を見て、湯の温度を正確に知る。

大根を切る音で繊維に沿っているのか、断《た》っているのか分かる。

それは料理人に大切な資質なのだそうだ。

佐菜は食べる方ではなく、つくる人だ。

裏ごし器の網目に豆腐をのせてしゃもじで押す。豆腐はゆるやかに姿を変え、ぽたりと鍋に落ちた。

すり鉢でごりごりとごまをすると、香ばしい匂いが立ちのぼった。

小豆も煮えている。

あと一息だ。

「白和えっていうのは、ずいぶんと手間がかかるんだねぇ。あんた、煮売り屋さんで働いているって聞いたけど、まるで板前さんみたいなていねいな仕事ぶりだ」

おりんの声で、はっと気持ちが引き戻された。まわりを見回すと、ご飯は炊きあがり、味噌汁やいわしの煮物も仕上がって膳の支度ができている。

「あ、すみません。もう少しですから」

佐菜はあわてて言った。

「大丈夫だよ。若君はお部屋でいただくから。ゆっくりやりな」

京の醬油や砂糖や味噌で味を調え、小豆を和えた。

皿に盛りつける。白和えのできあがりだ。

お糸の案内で若君の部屋に向かった。

若君は前日と同じように折り紙を折っていた。

「お食事にいたしましょうか。今日はお好きな白和えがありますよ」

お糸の言葉にこくりとうなずき、膳に向かう。

「では、後はお願いしますね」

そう言ってお糸は出て行ってしまった。

部屋には佐菜と専太郎の二人だけである。膳の上には炊き立ての白いご飯と湯気をあげる豆腐の味噌汁、白和えとかぶの浅漬けが並ぶ。南向きの部屋は明るく、四月というのに火鉢の炭は赤く燃え、冷たい台所から来た佐菜は汗ばむほどだ。

「……どうぞ」

佐菜は小さな声で言った。

「横を向いていてもらってもいいですか。……食べるところを見られるのは恥ずかしいから」

「……じゃあ、外にでますか」

「……ここに、いてくれた方がいいです」

佐菜は部屋の隅に座った。

見ないで欲しいと言われたけれど、やはり気になる。ちらりと見た。

専太郎は箸をとってご飯をぽっちりとつまむ。ゆっくりと嚙む。それから味噌汁を一口。また、ご飯。なかなか白和えに進まない。

鳥の声に混じって大鼓の音も響いて来た。

専太郎はじっと白和えを眺めている。それから、そろそろと箸を進める。

ぽっちりとつまむ。口に運ぶ。

思わず佐菜はじっと見つめてしまいそうになり、あわてて目をそらす。でも、やっぱり見てしまう。

一口食べた専太郎の頰がぽっと染まった。もう一口。さらに一口。

顔をあげて佐菜を見た。目が合った。

「……おいしいです」

「えっ、あ、あの、ありがとうございます」

佐菜は真っ赤になった。

専太郎はご飯と汁と白和えを食べ、最後に浅漬けを一切れ食べて箸をおいた。

「ごちそうさま」

行儀よく一礼をした。

白和えは上の方だけ。ご飯も汁もさほど減った感じはしない。けれど台所に下げた膳を見て、お糸はとても喜んだ。

「ああ、たくさん食べてくださった。よかった。このところずっと、食べられない日が続いていたんですよ。ほっとしました。明日もお願いしますよ、この調子でね」

片付けをしておかねの店に向かった。おかねに様子を伝えると、喜んでくれた。

「そうだよ。ね、言ったとおりだろ。頑張りな」

夜、家に戻っておばあさまにも伝えた。

「佐菜なら出来ると思っていました」

うれしそうな顔をした。


三日目、専太郎の朝餉を終えて帰り仕度をしていると、竹林で会った「名人」がやって来た。この日は紋付の着物に縦縞の仕舞袴である。鼻筋が通った福々しい顔立ちは同じだが、お坊さまではなく、舞台の人の顔つきをしていた。

目元が専太郎とよく似ている。けれど、名人は肩にも腹にも肉がついている。手の平は厚く、指も太い。力のありそうな手だった。

これが名人の手かと、佐菜はながめた。

「あなたに来てもらってから専太郎の食が進んでいると、家の者が喜んでいます。専太郎とあなたは気が合うと思ったんですよ」

名人はにこにことして言った。

五日が過ぎた。白和えの具は、小豆から大根、わかめと毎日変えた。気が合っているのかどうか分からないが、専太郎は佐菜を見るとうれしそうな顔をする。佐菜の心もほぐれてきた。

「折り紙がお好きなんですね」

佐菜は膳を片付けながら言った。すらりと言葉が出た。

「面白いです。いろいろなものが出来るから。自分で考えたものもあります」

専太郎は身軽に立ち上がると、違い棚から折り紙の鶴を持って来た。ふつうのものとは、少し形が違っていた。

「首を引っ張ると翼が動くんです」

言われたままに首を引くと、鶴は羽ばたいた。

「あら」

「これは親子になっているんです」

別の折り紙を取り出した。鶴の翼の先に小さな鶴が連なっている。

佐菜の目はその鶴に吸い寄せられた。

折り目がぴしりと決まって、くちばしや翼の先は見事に尖っている。子供が折ったとは思えない正確で端正な姿をしていた。

「おじいさまは私の目がいいと褒めてくれます。目がいいとお稽古の上達が早いそうです」

専太郎は折り紙を取り出すと、細い指で器用に折り始めた。すばやく指が動いて、親子の鶴がたちまち折りあがった。

「見事ですねぇ」

「あなたにあげます」

「よろしいのですか」

佐菜はうれしさに頰を染めた。

「白和えのお礼です。あの白和えの白いところは、毎日味が違いました」

佐菜は驚いた。具に合わせて和え衣の味つけを変えていたことに気づいていたのか。

「白和えはにぎやかなところが好きです。うるさいのは苦手ですが、にぎやかなのはよいです」

にぎやかは好きで、うるさいのは苦手。

なんと繊細な言葉遣いをする子供だろう。

なぜか胸がどきどきしてきた。

「では、にぎやかなものでしたら、ほかのおかずも食べていただけますか」

「はい。……たぶん」

専太郎は答えた。

そんなに佐菜の料理を気にいってくれたのか。とびあがりたいほど、うれしくなった。

しかし、それは言葉にならず、ただ耳まで赤くなって座っていた。

「六月六日は稽古始めなのです。お母さまは私がお稽古についていかれないのではないかと心配をしています」

「お稽古は厳しいのでしょうね」

佐菜は専太郎の細い指を眺めた。あの名人のような太い指になるには、どれほど稽古を重ねなくてはならないのだろうか。

武家の子は武家に、商人の子は商人に。どの家に生まれるかで、その子の一生のほとんどが決まってしまう。その日暮らしの長屋の子供たちは、立派な家に生まれた専太郎を恵まれていると思うだろう。けれど、専太郎にもまた、彼なりの苦労があるに違いない。

「おじいさまはお稽古のことは心配しないでよいと言います。私にはいい目と耳があるから大丈夫だと」

　専太郎はにっこりした。

　片付けを終えて石山家の屋敷を出ると、日は高く昇っていた。

　隣の早雲流の屋敷に七、八歳の武家の子供たちが稽古にやって来るところだった。大きな声をあげながら競い合うように走って来るのが見えた。どの子もよく日に焼けて、元気がよい。門の前に着くと、だれが一番だったかで争い、ぶつかりあい、押しあって騒いでいた。

　わぁわぁと口々に叫ぶ声が響いて来る。

　お武家も子供のときは変わらないんだなと佐菜は思った。おとなしい専太郎と会った後だから、余計に彼らの元気がまぶしく思えた。

　そのとき、一人の子が叫んだ。

「おい、誰かいるぞ」

　視線を追うと、石山家の門の脇の木立の陰に専太郎がいた。しまったという顔で立っている。

「なんだよ。見かけない子だなぁ」

「俺、知ってる。隣の家に住んでる子だよ」

「よし、追いかけろ」

年嵩の子が指令を出すと、子供たちはわぁわぁと大声をかけて駆け出した。専太郎はびっくりして逃げ出した。

しかし、子供たちは速い。専太郎はたちまち追いつかれた。子供たちに囲まれて座り込んでいる専太郎の姿が見えた。

佐菜は思わず駆け寄った。

「小さい子をいじめたらだめよ」

「いじめてなんか、いないよ」

年嵩の子供が強い調子で反論した。

「小さい子じゃないよ。俺らと同じくらいだ」

「仲良くしようとしただけだ」

「大人は関係ないよ」

子供たちはてんでに抗議の声をあげる。子供たちの輪の中で、専太郎は震えていた。両手で顔をおおったまま、動かない。子供たちの声はますます高くなる。

「なんだよ。なんか言えよ」

「お前、泣いているのか」

佐菜も困って黙ってしまった。

そのとき、若い男が門から出て来て叫んだ。

「おーい、なにしてるんだ。稽古が始まるぞ」

「ちぇ。稽古だよ」

「稽古だ、稽古だ」

「いーち抜け」

子供たちはいっせいに駆け出し、門の中へ消えていった。

静かになっても専太郎は動かなかった。

「若君、専太郎さん」

佐菜は声をかけた。専太郎はべそをかいていた。

「だから嫌なんです。子供なんか大っ嫌いです。ごちゃごちゃした場所も、大きな音も苦手です。たくさんの人が一度にしゃべるような場所は好きではありません。ざらざらしたもの、べとべとしたもの、土で体が汚れるのも、虫に触るのも気持ちが悪いです」

それでは、同じ年ごろの子供とは遊べない。だから部屋にこもって一人で、折り紙をしていたのか。

屋敷に連れていくと、お糸が、続いて母親の千鶴《ちづる》が出て来た。富士額《ふじびたい》に切れ長の目をした美しい人だ。ほっそりと折れそうに華奢な体つきをしている。

「専太郎、どこに行ったのかと心配をしていましたよ」

母の腕の中で専太郎はまた新しい涙を流した。

お糸が外まで送ってくれた。

「若君を連れて来てくださってありがとうございます。でも、困りましたね。大鼓のお稽古は旦那さまと大旦那さまがなさいますが、謡と仕舞はお隣で同じ年ごろのお子さんといっしょに習うのです」

つまり、さっきの子供たちと一緒に稽古をするのか。

「それはなかなか……」

佐菜が言うと、お糸は小さくうなずいた。

3

行燈の明かりがぼうっと二人の顔を照らしている。膳の上には、おかねの店でもらったいわしの梅煮としいたけの煮物、豆腐、冷ご飯の湯漬けがのっている。

おばあさまと佐菜の夕餉である。

佐菜は昼間のできごとを話した。

以前は行儀が悪いからと、黙って食べていた。しかし、正吉が帰ったあと、おばあさまはこの家に一人で過ごす。話し相手がいない淋しさを感じているらしい。最近は、夕餉の時間にしゃべるようになった。

「なるほど、子供が嫌いな子供なんですね」

「はい。ごちゃごちゃした場所も大きな音、ざらざらしたもの、べとべとしたものも苦手だそうです。だから、ひとりの部屋で静かに折り紙を折っています」

「とてもお心の細やかなお子さんなんでしょうね」

「よい目をしているし、耳も優れていると、おじいさまは高く買っているそうです」

「まぁ、そうですか。名人がおっしゃるなら、そのお子さんも立派な大鼓方になるのでしょうね」

きっとなるだろう。

けれど、その前に克服しなければならないこともたくさんある。

「それで、帰り道に考えたのですが、白和えではなく、少し違うものを召し上がっていただいたらどうかなと」

「なるほど。もう、何日も白和えばかりつくりましたからね」

「気にいっていただいているのはうれしいのですが、もっと今の専太郎さんにふさわしい料理があるのではと……、たとえば稽古始めが楽しみになるような」

「ほう」

「気持ちを切り替えて、楽しい気持ちで一歩踏み出せるような朝餉をつくりたいのです」

「なるほど。それはよい考えです。佐菜にとっても新しい一歩になります」

おばあさまの目がやさしくなった。

「そうでしょうか」

「もちろんですよ。だって、以前のあなたは、そんな風にだれかの力になりたいと思うことはなかったでしょう」

そもそも、佐菜を助けたいという人はいても、助けを求めてくる人はいなかった。

「人に働きかけることは勇気がいります。それに難しいです。余計なことかもしれないし、喜ばれないかもしれない」

「そうですね。……さぁ、なにがいいでしょうかね。お魚も緑と赤の野菜も食べられないのでしょう」

「白い野菜とご飯と豆はよいそうです。うるさいものは苦手ですが、にぎやかなものは好きだそうです」

「おやおや。お小さいのに、おっしゃいますねぇ。けれど、石山さまのお台所でつくるのですよ。あなたは大丈夫ですか」

「……つくりたいと思います」

少し考えて佐菜は答えた。

夜も遅くなり、そろそろ休もうかというとき、おばあさまが言った。

「春日局《かすがのつぼね》の七色飯というものがあるそうです。三代将軍家光公の乳母である春日局は、食の細い家光公のために、毎日七種類のご飯を炊かせたそうです」

「七種類も」

「にぎやかで楽しいですよ。ちょっとお待ちなさい」

おばあさまは机の脇に積み重ねた書物の中から一冊を取り出した。

「ここにあります。まず菜飯、湯取《ゆとり》飯。これは水を多めに入れてご飯を炊いて、そのあと水洗いして粘り気をとってから蒸したものです。さらに茶飯、粟《あわ》飯、麦飯、小豆飯、引割《ひきわり》飯。臼でひいて砕いた麦を混ぜたご飯ですね。これで七種類」

「はい、たしかに」

「家光公は徳川の世の礎を築いた方です。家光公の時代に千代田の御城が出来上がり、江戸の町が整いました。長く平和な世の中が続いているのは、家光公がしっかりとその仕組みをつくったからです。その家光公ゆかりのご飯ですよ。子供のころ、食が細かったということは、体も弱かったのかもしれません。けれど、成人したのちは強い心と知恵と慈愛に満ちた立派な将軍になりました。天分に恵まれ、よい師、朋輩《ほうばい》、家臣に囲まれていたことでしょう。けれど、ご自身の努力もすばらしかったと思います。若君にもそうした未来を歩んでいただきたいと思います」

「まさしく専太郎さんにふさわしい朝餉です」

佐菜は大きくうなずき、おばあさまを見つめた。

最初、七色飯の話を聞いた時は、ただ品数が多いだけの物珍しさをねらったもののように感じていた。だが、おばあさまの話を聞いた今はまったく違う思いになった。

専太郎にこそ食べてもらいたいものだと感じた。

それにしても、おばあさまはすごい人だ。

物識りである。しかも、ただ、たくさんのことを知っているだけではなく、それを必要なときに思い出せる。

そして、ここが一番肝心なところだが、なぜ勧めたいのか、きちんと言葉にできるのだ。この人に相談してよかった、いいことを教えてもらったという気持ちになる。

そういうことが全く苦手な佐菜は尊敬のまなざしでおばあさまを見た。

「感心してばかりではいけませんよ。あなたが先方に、なぜ七色飯なのか、説明するのですよ。どういう風に話せば、あちらの方の心に響くかお考えなさい」

そうだった。

おばあさまは佐菜についいて来てはくれないのだ。

佐菜はお糸や名人の顔が思い出されて胸がどきどきしてきた。

その晩、佐菜は遅くまでかかって七色飯の詳細を考えた。

緑の野菜は嫌いと言ったから菜飯の代わりに大根飯、引割飯の代わりに白ごまを混ぜたもの。湯取飯の代わりにご飯を冷たい水で洗った冷や飯。炊き込みは茶飯、粟飯、麦飯、小豆飯の四種類だ。

炊くのは一合炊きの小さな釜で七輪を使う。

佐菜の頭の中に小さな釜をのせた五個の七輪が浮かんだ。

出来そうな気がした。


翌朝、いつもと同じように白和えの朝餉を用意し、膳を下げたとき、お糸に違うものをつくってもよいかたずねた。

「かまいませんよ。毎日、白和えでは飽きてしまいますものね。ぜひ、お願いします。それで、どのようなものをお考えですか」

「春日局の七色飯を考えております。その七色飯というのは……」

話し始めるとお糸の目がまん丸になり、それから困った顔に変わった。

「七種類もご飯を炊くのですね」

「あ、ですから、炊き込みご飯は四種類でそれも七輪を使いますから……、半分は混ぜご飯なんです。……だから、それほどご迷惑はかからないと思います。あの、どうして、七色飯かと言いますと、家光公ゆかりのご飯ですから……。家光公というのは徳川の世の礎をつくった方で……」

立て板に水というわけにはいかない。とつとつとして、行きつ戻りつし、だんだん自分でもなにをしゃべっているのか分からなくなってしまった。じっと佐菜の話を聞いていたお糸は言った。

「つまり、立派な方にあやかろうということですね」

少し違うような気もするが、お糸の言葉に引っ張られてつい、うなずいてしまう。

「分かりました。奥さまにご相談します」

お糸は早足で奥に入ってしまった。

振り返ると、おりんがこちらを見ていた。

「なんか、分からないけど、若君は喜ぶかもしれないねぇ。そういうのは、はじめてだから」

「だといいんですけど」

「ともかく、あんたの一生懸命な気持ちは伝わってきたよ。若君のことを心配してくれているんだよね」

しばらくすると、名人がにこにこと笑いながらやってきた。

「七種類も飯を炊くそうじゃないですか。ずいぶんと張り切ってくれましたねえ」

「はい。あの……、祖母に相談いたしましたら、それがいいのではないかと……」

「そうですか。あのお方がね。しかし、七種類もどうやって炊くんです」

「炊き込みご飯は四種類で、あとの三種類は炊いた後混ぜたり、水で洗ったりします。ですから炊くのは五種類です。小さな素焼きの釜を使って七輪で炊きます」

佐菜は汗をかきながら答える。

「なるほど、なるほど。そうだ、いっそ部屋の前で炊いてくださいよ。飯が炊けるところなぞ、見たことがないはずだから。七輪など必要なものは買ってください。お金はこちらで払いますから」

帰り際、お糸が金を渡してくれた。

朝餉の仕事の後、七輪や素焼きの釜を買った。大きな荷物になったので、石山家に届けてもらうことにした。

おかねの店に行き、七色飯をつくることにしたと伝えた。

「七つもあれば、ひとつくらい気にいるものがあるだろうってことか」

「いや、それとはまた違うと思いますけど……」

「まぁ、あれこれあって楽しいよね」

そう言ったおかねは急に表情を変えた。

「あんたは変わったねぇ。ここに来た当初は、隅のほうに隠れるように立っていたのに、今じゃ、これがやりたいって人に働きかけるまでになった」

「あ、いえ、それは……、専太郎さんに頑張ってもらいたいので……、それにおばあさまが……」

「だとしたってさ、ご飯を炊くのはあんただろ。いいことだよ。自分のためなら頑張れないことでも、他人のためなら頑張れることもある。あんたは、その気持ちが強いよ」

「そうでしょうか」

「そうさ。それは、あんたのいいところだ」

おかねは明るい目をして言った。

その晩、家に戻り、夕餉をすませてから飯を炊いてみた。

釜は一合ほど炊ける大きさだが、五勺でも炊けた。三勺になると米の量が少なすぎたのか焦がしてしまった。

専太郎は食が細いから炊いた飯のほとんどは残る。それは、握り飯にでもして、あとでみんなに食べてもらうことにする。

材料と手順、さらにいわれも説明できるように下書きをつくって暗記した。何度も確認し、やっと床につく。

翌朝はいつもより早く起きた。

必要な道具は風呂敷に包んである。念のため、手持ちの鍋とざる、ほかに菜箸や布巾も多めに入れたので、いつもよりさらに大きな荷物になった。

手では持てずに首にかけて背中に背負ったら、出遅れた夜逃げのようになった。

石山家に着くと、米を研ぎ、白飯と炊き込みご飯の準備をする。七輪と釜を持って庭を通り、専太郎の部屋の前に行った。

庭先で準備をしていると、雨戸が開いて専太郎が顔を見せた。

「おはようございます。昨日、おじいさまから佐菜さんが面白いことをしてくれると聞いたので、楽しみにしていました」

「えっと、面白いかどうかは分からないですけど……」

もごもごと口の中で答える。

五つの七輪に釜がのり、火が入った。専太郎は真剣な様子で眺めている。

「まだ、炊きあがるには少し時間がかかります。その間に今朝のご飯の説明をいたします。これは春日局の七色飯と申しまして、その昔、家光公が……」

おばあさまのように、「なぜ勧めたいのか」をきちんと言葉にして伝えなくてはと思い、暗記したいわれを話し始める。

「家光公のことなら知っていますよ。千代田の御城をつくった方です。参勤交代を始め、切支丹禁令を進めました」

専太郎が先回りして言う。

「私は歴史が好きです。春日局も帝からいただいたお名前なのですよ」

佐菜の知らないことも知っている。

気を取り直して続ける。

「その家光公は幼いとき体が弱かったので、春日局が工夫したのがこの七色飯です」

「ふうん。でも、どうして七つなのだろう。末広がりだから八つのほうがいいんじゃないのかな」

「七も七福神がありますからいい数です。七転び八起きとも申しますし」

「七転び八起き」は少し違うかもしれないが、ともかく佐菜にしては上出来の返答である。

「今日はご飯なんですね。おこわではなくて」

「ご飯はうるち米で炊くものです。おこわはもち米を蒸してつくります」

専太郎が次々とたずねてくるので、佐菜は答えるのに汗をかく。

そうこうしているうちに、釜がふつふつと鳴り、蓋を押し上げて白い泡があふれてきた。

専太郎は部屋から出て、釜をながめた。

「お釜が汗をかいていますよ。ご飯はこういうふうに炊けるのですね」

「若君はご飯を炊く様子を見るのは初めてですか」

「はい。子供のころ、お母さまを追って台所に入り、危うく包丁で怪我をしそうになりました。それ以来、台所には行っていません。あ、炊けたのですか」

佐菜が小豆飯の蓋を取ると、白い湯気があがり、赤い小豆粒と同じく赤く染まったご飯が見えた。

次は麦飯。こちらは真ん中に筋の入った押し麦が入った素朴な姿だ。

さらに、粟を加えた粟飯。ご飯に小さな黄色い粒が散っている。

「茶飯にお茶は入っていないのですね」

「ここにお茶は入っていません。色が茶色いので茶飯と言います。だしと醤油と少しの味醂で味をつけています」

白飯は三分の二を飯台に広げて、片側に大根、もう片側に白ごまを混ぜる。残った白飯は井戸水で洗って器に盛る。

「これでできあがりです」

佐菜は小ぶりの茶碗に七種のご飯をよそい、膳にのせた。台所から味噌汁と漬物を運んだ。

「どうぞ、召し上がれ」

専太郎は真剣な表情で大根飯に手をのばす。次に白ごまのご飯。さらに小豆飯、茶飯。

このあたりまでは味が想像できる。気にいったのだろう、目を細め、大根飯にもどり、白ごま飯を楽しみ、小豆飯、茶飯と繰り返す。

しかし、冷や飯にはなかなか手が出ない。

意を決したように冷や飯を手に取る。じっと見つめ、匂いをかぐ。一口食べ、
安心した様子でほっと口元がゆるむ。

「冷たいご飯は初めてですが、さらっとしておいしいものです」

「ありがとうございます」

味噌汁を飲んで気を取り直し、麦飯に手をつける。眉根を寄せた。どうやら、好きな味ではなかったらしい。

ずっと噛んでいる。

もしかしたら飲み込めないのかもしれない。

佐菜はたちまち後悔した。専太郎は極端な偏食なのだ。

「ご無理のないように。懐紙も用意してありますから」

「いえ。大丈夫です。固かったので、いつ飲み込んでいいのか分からないのです」

その目がうるんでいる。

やっぱり嫌いな味なのだ。

ごくんという音が聞こえたような気がした。小さなため息をついている。

それから粟飯に進んだ。

一口食べた途端、笑みが浮かんだ。

「私はこの味が一番好きです」

「そうですか」

「はい。ぷちぷちして楽しいです。でも、もうお腹いっぱいです」

ゆっくりと箸をおいた。

「七種類全部、食べましたね」

「長い旅でした」

専太郎が言う。

「無事旅を終えました。おめでとうございます」

佐菜は茶をいれた。

湯飲みを手にした専太郎がひとり言のようにつぶやいた。

「おじいさまも子供のころ体が弱かったそうです。風邪をひいて熱があっても、稽古を休ませてもらえなかったそうです。……とても辛かったと言っていました」

専太郎は少し黙った。

「おじいさまに言われました。無理ならやらなくていい。けれど、試してみないであきらめるのはいけないと」

「いいおじいさまですね」

「この前は、突然、子供たちが出て来たので驚いてしまいました。今度は大丈夫です」

「もちろんです。あの子たちは少し元気がよすぎます」

専太郎の頬が楽しそうにふくらんだ。

「……佐菜さんにも苦手なことがありますか」

「私は知らない人、新しい場所、新しいことが苦手です。だから、最初、ここに来るときもいろいろ心配しました。でも、私が心配したようなことはなにも起こりませんでした」

「そうですか」

「その代わり、想像しなかったようなことがたくさんありました。みなさん……、とくに若君に会えてよかったです。だから、もう、あんまり無駄な心配をしないようにします」

「無駄な心配ですか」

「はい。無駄な心配と必要な心配があります。私は無駄な心配が多いのです」

「私もきっとそうです。いろいろ考えてたら頭が痛くなります。これからは、あまり思い悩まないようにします」

二人は顔を見合わせて微笑んだ。

「おいしい朝餉をありがとうございました」

「こちらこそ、楽しいひと時を過ごさせていただきました」

佐菜も頭を下げた。

鳥の声に混じって大鼓の音が聞こえてきた。

澄んだ音だ。次は力強く、勢いのある音。さらにぽん、ぽんと拍子をとるように音が連なる。

「最初の音はおじいさま、次はお父さまです」

「いい音ですね。背筋が伸びるような気がします」

「そうでしょう。私も大好きです」

佐菜と専太郎はしばらく大鼓の音に耳を傾けていた。霧が晴れたような気持ちになった。

三話　江戸か明石か　蛸《たこ》飯《めし》対決

1

佐菜が専太郎の朝餉の支度を終え、おかねの店に戻って来ると、いつものように権蔵とお民が来ていた。権蔵はこれまた、いつものように芋の煮転がしに内藤唐辛子をふり、お民はこんにゃくの煮物と漬物をつまんでいた。

「まだ、あのお能の家の坊ちゃんのところに通っているんだねぇ」

権蔵が言った。

「そうなんだよ。おかげさまで続いている。佐菜ちゃんの味を気にいってくれたらしくてね、今じゃ煮物や汁もつくっているよ」

佐菜の代わりにおかねが答えた。

「そういや、上方の醬油は白いんだってね」

お民がたずねた。

「色は淡いけれども、醬油の味はします」

佐菜は答えた。

「京料理ってもんを一度食べたことがあるよ。瀬戸物屋仲間の寄り合いで行ったんだ。里芋が白っぽいんだ。にんじんも赤くてきれいだった。けど、まぁ、味はおかねさんの店のほうが倍うまいね」

権蔵の言葉に、おかねがへへっとうれしそうに笑う。

「あたしは大坂のうどんってもんを食べたよ。汁が透き通っているんだ。味がついてないのかと思ったら、結構しょっぱいんだよ」

お民が驚いた顔をする。

「しかし、なんで上方の人はうどんを食うんだろうねぇ。そばっていううまいもんがあるのにさ。俺に言わせたら、やっぱりそばだよ。あののど越し、きりっとした辛めのつゆ。鼻に抜ける香りがあってさ。たとえばさ、討ち入りそばってやつがあるだろ」

元禄十五年十二月十四日の夜、赤穂浪士は討ち入り前、そば屋に集まってそばを食べたそうだ。それが俗に言う討ち入りそばだ。暮れになると、そば屋の二階で四十七士の講談や落語の会が開かれる。

「まぁ、中にはうどんを食べた奴もいたらしいけど。赤穂は西の方だから。……だけどさ、あれは、やっぱりそばでなくちゃだめだよ。なんかさ、こう、切羽詰まった、ぎりぎりの思い詰めた感じってのは、やっぱりそばだろ」

「そうだねぇ。眉根を寄せて、いよいよだって思いながら腹ごしらえするときは、やっぱりそばだよ」とお民。

「だろ。うどんじゃ、そうはいかねぇや。なんか、のんびりしちまうよ。腹があったまってさ。まぁ、みなさん、そんなにむきにならなくても、ぼちぼちでいいんじゃないですかぁって具合になりそうだ」

権蔵の言葉にお民もおかねも佐菜も笑う。

「まぁ、でも、うちも少し西の味を出そうと思っているんだ。佐菜ちゃんの家のいなりずしがうまそうだったんだよ」

「おいなりさんか。悪くないね。どんなやつだい」

お民が身を乗り出す。

「ご飯は昆布だしで炊いて、具は酢ばすです」

「ふーん。しいたけとかかんぴょうは入らないんだ。お揚げの方はどんな具合だ」

「お揚げはふつうだよ」とおかね。

「砂糖はひかえめです」

佐菜が言った。

翌日、佐菜はさっそくつくった。しゃきしゃきした甘酢漬けのれんこんの味を生かして、ご飯は酢も砂糖もひかえている。

権蔵とお民にも食べてほしいと伝えたら、二人はいそいそとやってきた。

「これかい。色が薄いねぇ」

お民は不満そうな声をあげた。

さっそくひとつ、口に運んだ権蔵も「あれっ」という顔になる。

じゅわっと甘じょっぱい汁があふれる江戸風のいなりずしになれた口には、ずいぶんとさっぱりしているに違いない。

「ううん。……でも、まぁ、これはこれで、まずくねぇ。俺の思っているいなりずしとは違うけど、まぁ、ありだな」

「そうだねぇ。煮転がしも煮物も甘じょっぱいから、おいなりさんはこれくらい、さっぱりしているのもいいねぇ」

　二人にそう言ってもらって、店にならぶことになった。

　最初は売れ行きが芳しくなかったが、何日かすると飽きのこない味だと売れ出した。

　そんなある日、見慣れない客が来た。

　長羽織の長身の男だ。四角い顔は日に焼けて、髪は白い。老人と言ってもいい年ごろだが、腕は太く、肩の肉も盛り上がっていた。

　来たなり、ぐるりと店を見回して言った。

「佐菜って人はいるかい。家に来て料理をしてくれるんだろ。ちょいと頼みがあるんだ。蛸飯をつくってもらえねぇかな。俺は大工の棟梁をしている甚五郎《じんごろう》だ。竪大工町《たてだいくちょう》じゃ、ちっとは知られている」

「蛸飯というのは、桜飯のことかい」

　おかねがたずねた。薄切りの蛸を炊き込んだご飯でほの赤く染まるので、桜飯とも呼ぶ。

「いや、あれとはまた違うんだ。うちのばあさんがつくっていたやつでね、ぶつ切りの蛸を炊き込む。それを家に来てつくってもらいたい。あれはやっぱり炊き立てがうまいから。ここのことは、坂の上のお屋敷の親父《おやっ》さんから聞いたんだ」

「坂の上っていうと……あの大鼓の……」

佐菜はたずねた。

「そうだよ。あの大鼓の師匠。あの家に行ったことあるかい。あれは俺が建てたんだ」

ぐりぐりと動く大きな目が得意そうになった。

「……あの、でも、私は蛸飯はあまりつくったことはなくて」

佐菜は小さな声で答える。正直に言えば炊いたことがない。

「大丈夫だよ。娘さんには知恵袋のお局がついているから、大丈夫だって親父さんは言ってたよ。春日局もびっくりの物識りだって」

おばあさまのことか。

「ああ、そうだね。あの人は本をたくさん読んでいて物識りだ。あの人に聞けばいいよ」

おかねもあっさりと答える。

「昔、ばあさんがよくつくってくれたんだ。だけど、そのばあさんも死んじまって、かみさんも出来ねぇって言うしね。そう言われると、よけいに食べたくなっちまったんだ」

「お客さんは西の生まれなんだね」

おかねが言った。

「なあに言ってんだよ。俺は江戸の三代目。水道の水で産湯を使ったちゃきちゃきの江戸っ子だよ。だけど、じいさんの親父さんてのが明石の人でね、昔っからなにかってときには蛸飯を食ったんだ。家の味ってやつだ。家に来てつくってくれ。みやげに持たせても一升炊けば十分だろう。三百文でいいかい」

三百文も。

佐菜は息をのむ。

すかさずおかねが返事をした。

「ああ、いいですよ。できれば半金は先に」

甚五郎が払う。商談成立だ。甚五郎は言った。

「三日もあれば釣れると思うから、そしたら使いを寄こす」

「……あ、あの……釣った蛸を料理するんですか」

おずおずと佐菜がたずねた。

「あったりまえだよ。だから、うまいんだ。生きているんだよ。ゆで蛸なんかでつくるのとは、訳が違う」

「いや、それはちょっと……」

言おうと思ったが、甚五郎は帰って行ってしまった。

「おかねさん、私はだめです。生きた蛸は扱えません」

佐菜は言った。

何年か前、まだ室町の家で暮らしていたころ、伊勢海老をもらった。おがくずの中の伊勢海老は生きていて、取り出すとガサゴソ動き出し、手に持ったらひげを振り、体をよじって暴れた。己の運命を知っているのか、必死の力を出した。それは驚くほど強い力だった。子供のころ、かぶと虫や蝉をつかまえたことがあるが、それとは比べ物にならないものだった。

女中のお竹が煮たった鍋に入れ、大急ぎで蓋をした。中からギュルギュルという陰鬱な音が長く響いていた。

膳にあがった伊勢海老の白い身は甘く、やわらかく、磯の香りがした。おいしかったが、少し心が痛んだ。命をいただくというのは、こういうことかとその時思った。

「扱えないか……。まぁ、最初からそんなこと言わないでさ。あんたのおばあさんなら、いい知恵があるよ、聞いてみな」

おかねが言った。

例の名人が佐菜の後ろには物識りのお局が控えていると言っていたと伝えると、おばあさまはうれしそうに微笑んだ。

「佐菜、狂言にね『蛸』という演目があるのです。それはね」

都に上る途中の旅の僧の前に、前の年に死んだ蛸の亡霊が現れ、弔いを頼んで姿を消す。

「お坊さまがお経を読んでいると、さっきの蛸の亡霊がまた現れて自分の死にざまを語り始めるのです。網にかかって捕らえられ、皮をはがされ、まな板の上で切り刻まれ、手足を引っ張って干物にされ、足と手は塩漬けとなる苦しみを受けたのです」

佐菜の頭の中に蛸の面をつけた人の姿が浮かぶ。苦しそうに頭を抱えたり、体をよじったりしている。

「その狂言は笑えるものなのですか」

「落語とは違いますから、大笑いはしませんよ。それに、お坊さまがお経を読むと蛸は成仏します。めでたし、めでたしです」

それをめでたしというのだろうか。

ときどき、おばあさまが何を考えているのか分からなくなるときがある。おばあさまは立ち上がると、蛸飯のつくり方を書いた本を取り出した。

「ここにあります。蛸飯。蛸をよきほどに切って、水加減した米に加え、昆布をのせ、淡口醤油、味醂、しょうがの薄切りを加え、炊く」

「ありがとうございます。でも、問題はそこではなくて……。いえ、どういう風に調理するのかも大事なんですけれど、私の場合は生きている蛸に触るのが怖いのです」

「蛸は嚙みつきませんよ」

「ええ、でも……」

「それぐらいのことができなくて、どうしますか。あなたが調理場に立つのですよ」

自分では煮物ひとつつくったことがないくせに、おばあさまは勝手なことを言う。

翌朝、専太郎に朝餉をつくりに行った。

その日の膳は新しょうがの炊き込みご飯に、青菜のおひたし、豆腐の味噌汁に漬物である。濃い味が苦手だと言うので、だしをきかせて薄味で仕上げている。さっぱりしすぎて力が出るとは思えない献立だが、稽古始めを過ぎ、他の子供たちに混じって稽古に通っている専太郎は、前よりもよく食べる。

最初は食べるところを見られたくないので横を向いていてくれと言っていたが、このごろはそれも言わなくなった。佐菜を相手によくしゃべる。

「まったく、昨日はひどい目にあいました。稽古のあと立ち上がろうとしても立ち上がれないのです。見たら、横にいる子供が私の袴の裾をつかんでいるんです。ぱっと手を離したから、転びそうになりました」

「……それは大変でしたねぇ」

「みんなは私が先生にほめられるので悔しいのです」

「若君は小さいころから謡や大鼓を聞いていますから」

「その若君というのも止めてください。専太郎でいいです」

片づけを終え、帰ろうとすると名人に会った。

「佐菜さんのところに甚五郎っていう大工の棟梁が行くと思うから、話を聞いてあげてください。この屋敷を建ててくれたのも、釣りをおしえてくれたのもあの男なんですよ。頼みますよ」

「昨日、いらっしゃいました。蛸飯をつくって欲しいということでした」

「そう、そう、蛸飯。あそこの家の大元は明石で、甚五郎さんは子供のころによく食べたそうです。人間、年取ると、なんだか、急に里心っていうのですかねぇ。昔のことが懐かしくなります」

「……はい」

問題は生の蛸だ。釣って来た蛸はまだ生きているかもしれない。動くのだ。

「家の味というのはね、自分たちがどこから来たのかってことの証ですよ。その人の心棒です。あなたのおばあさまがおっしゃっていたけれど、お宅も三代前から江戸に来たそうじゃないですか。それでも近江の味が伝わっている。すばらしいことですよ」

「そうなんですか」

意外な言葉に佐菜は聞き返した。

「当たり前と思っちゃいけませんよ」

諭すような口ぶりになった。

「江戸にはそういう故郷の味を持たない人がたくさんいるんですよ。考えてもごらんなさい。十やそこらで江戸に来て奉公するのです。魚でも野菜でも、それぞれの土地においしいものがたくさんあったはずなんです。でも、子供だから思い出せない。料理の仕方も知らない。心棒を持たない人は気の毒だ。だから、私は甚五郎さんがあの年になって蛸飯が食べたいと言い出したことが、うれしい。食べてもらいたいのです。お願いしますね」

「……かしこまりました」

問題は蛸だ。

仕方ないので、店に戻っておかねに相談した。

「おばあさまは蛸のことでは頼りになりません。指図はしますけれど、実際に扱ったことはないんですよ。でも、お屋敷の名人に頼むよと言われてしまいました」

「そりゃあ、困ったねぇ。ああ、そうだ。よく買いに来る若い人が魚屋だったよ。聞いてみてやるよ」

おかねが言ったのは長屋に住む若い棒手振《ぼて》りだった。

夕方、その棒手振りが仕事を終えて夕餉のおかずを買いに来たところを、おかねが話をしてくれた。

「あんたんところは、蛸も扱うのかい？　釣って来た蛸で蛸飯をつくりたいんだけどさ、どうしたらいいのか分からないんだよ。教えてくれないかな」

背の高い、気の良さそうな若者は目を細めた。

「飯蛸《いいだこ》だろ？　今の時期なら手の平にのるような、ちっちゃい子供の蛸が浅瀬で釣れるんだ。うん、あれはうまいね。やわらかいし」

「小さいんですか」

佐菜は思わず身を乗り出した。

なんだ、手の平にのるのか。そんなに小さいのか。だったら、大丈夫かもしれない。

「……それで、下ごしらえはどうしたらいいんですか」

「簡単だよ。塩でよくもんでぬめりをとってさ、あとはいかと同じだよ」

いかと同じようにすればいいのか。ほっと安心した。

二日ほどして、蛸が釣れたと甚五郎の家の若い衆が呼びに来た。佐菜は包丁や菜箸や布巾をもって出かけた。

知らない場所やよく知らない人、新しいことは相変わらず苦手だ。蛸飯のつくりかたを紙に書き、何度も頭の中で繰り返したがやはり緊張する。

神田竪大工町の真新しい木の香がするような二階家が甚五郎の住まいだった。さすがに大工の棟梁の家である。柱は太く、小さいながらも庭がある。

大きく息を吸い込んで、気持ちを整える。

勝手口にまわり声をかける。

「おう、待っていたよ」

甚五郎の声がした。

勝手口をはいると、すぐ右手に細長い土間があってかまどがあった。

「ここが俺の台所だ。いいだろう」

甚五郎はかまどの前に立つ。くるりと振り向くと、そこは調理台で、手を伸ばすとそこには鍋やざる、まな板がきちんと整頓されて並んでいる戸棚があった。

「お客さまがご自分で料理をなさるんですか」

「ああ。自分の飯は自分でつくる。ここも、俺が使いやすいように考えた。俺以外で入ったのは、あんたがはじめてだ」

「あ、えっと、それは……」

ありがたいことだと口の中で言う。甚五郎はそこで初めて佐菜の大荷物に気づいた。

「お前さん、なにを持って来たんだ？」

「包丁とか……、いろいろです」

「ふうん、包丁か。見せてみろ」

佐菜は荷物を解いて持って来た出刃と刺身包丁と菜切包丁を見せた。甚五郎はさっそく刺身包丁を手に取って刃先を調べはじめた。

「鋼《はがね》だな。ちゃんと手入れをしているじゃねぇか。お前さんが研いでいるのか」

「はい」

「感心、感心。道具は大事にしないとな。俺のところの若い奴らに見せてやりたいよ。あいつらは、切れない鉋《かんな》を平気で使ってんだ。よし、じゃあ、はじめてもらおうか。今日のはすごいぞ。めったに見られないような立派な蛸だよ。今、出すからな」

戸を開けると、外に魚籠《びく》があった。甚五郎はぐいっと太い腕を差し込むと蛸をつかみ出した。甚五郎のごつい手につかまれて、蛸の足がゆるりと動いた。

佐菜は思わず息をのむ。

「どうだ、でかいだろう。一貫(約三・七五キログラム)まではいかないけど、結構な重さだ」

「あ、あの、飯蛸じゃないんですか」

「なに言ってんだ。真蛸だよ。明石じゃ、真蛸を食うんだ」

瀬戸の器に入れられた蛸はぐにゃりと動いて体勢を変えた。太い足の表は薄茶色で裏側は白い。そこに吸盤が整然と並んでいる。根元の方は大きく、足先に行くにしたがって小さい。しかもそれがそれぞれ動いている。ひとつひとつの吸盤に命があるようだ。

「活きがいいんだ。触ってみろよ」

「あ、えっと、今は……」

「なんだよ。触ってみなきゃ、わからねぇだろ」

佐菜はおそるおそる手を伸ばした。ぬめぬめとして、さらにざらりとした皮膚の感触が指に伝わってきた。

もしかして、これをさばかないといけないのか?

突然、蛸の足が動いて佐菜の指を捕らえた。

「うわっ」

吸盤が吸い付く。

引き離そうとしたら、別の足が手にからみついた。こっちは二本。向こうは八本。

がっちりとつかまれた。吸盤の吸いつく力は強く、ぬめぬめとしてざらりとしている。

「うわ、うわ、うわ」

叫び声をあげた。

夢中で腕をふる。蛸はさらに強く腕にからみついた。血が逆流し、鳥肌がたった。

「うわ、うわ、うわゎゎゎゎぁぁ」

頭に血が上る。

「わあ、わあ、わああああ」

泣き叫びながらむやみやたらと腕を振り回した。

「あんたが動くから蛸が驚いてしがみついて来るんだよ。じっとしてりゃあ、こいつらはおとなしいんだ」

しょうがねぇなぁという顔で甚五郎が蛸の足をはずしてくれた。

「じゃあ、締めるのはこっちでやるから、あとは頼むよ」

甚五郎は蛸をつかむと、台にのせ、目打ちでとどめを刺した。

一瞬のことだった。

命が消えた蛸はもう、恐ろしくなかった。佐菜は涙をふき、ワタを取り除き、塩でぬめりを落とし、手足を切った。

考えたら、蛸飯の味つけについて、まだ甚五郎から聞いていなかった。あわてて たずねる。

「えっと、あの……米は白米ですか。麦とかではなく。昆布はのせましたか」

「白米だよ。昆布なんてのせないね」

「それと、醬油は……」

「ばあさんの田舎料理だから、どうだったかなぁ。味醂なんて、洒落たもんは使ってねぇ。うん、思い出してきた。蛸をぶつぶつ切ってさ、淡口醬油と酒、しょうがのみじん切り、おまじないみたいに砂糖も入れて、ちょいともむんだ。それで水加減した米にそのまんまのせる。ふだんは濃口醬油だけど、蛸飯のときだけは色をきれいに仕あげたいって、淡口醬油を使っていたな」

「……それは、どれくらい……」

「ほどよい塩気ってやつだ。酒はどぼどぼ」

「たとえば、こんな感じ」

佐菜は小皿に調味料を入れて甚五郎に差し出した。甚五郎は小指の先でなめてうなずいた。

「うん、これでいい。味は濃くするなよ。蛸の味が消えちまうから」

研いだ米に蛸と調味料を加えて一升釜で炊く。

その間に、刺身にし、ゆで蛸にして薄切りの瓜と合わせて酢の物に、粉をまぶして唐揚げにした。

「結構、いい手つきをしているじゃねぇか。いるんだよ。あんたみたいに口は重いけど、手が動く奴な。俺は口八丁、手八丁のクチ。いけねぇのは口だけで手が留守になる奴だ」

板の間に座って茶碗酒をぐびり、ぐびりと飲んでいたが、自分も料理がしたくなったらしい。

「あんた、蛸のやわらか煮を知ってるか。これは漁師から教わった」

土間におりて佐菜の脇に立った。一人用の台所だから肘があたるほど近くになる。今まで、こんなに近くに男の人が来たことはない。一度引いた汗がまたにじんで来た。甚五郎はそんな佐菜のようすに気づきもしないようだ。

まず鍋に酒をたっぷりと注ぐ。さらに醬油と砂糖、梅干を入れてぶつ切りにした蛸を加え、落とし蓋をする。

「このまんま、汁気がなくなるまで煮るんだ」

やわらか煮の鍋がくつくつと音をたてるころには、蛸飯も佳境を迎えた。ふつふつと泡が浮かぶ釜を見つめ、音を聞きながら火からおろす時を待つ。

火からおろしたら、蒸らし時間だ。

頃合いを見計らって蓋を取る。

白い湯気がふわりとあがり、香ばしい蛸の香りが立ち上った。蛸のうまみを吸ったご飯はほの赤く染まり、ぶつ切りの蛸は皮は赤茶色で身は白い。やわらかいけれど、嚙めばぷりっとほどよい弾力がある。しゃもじで混ぜると、香ばしそうなお焦げが現れた。

「おお、できたか。ちょいと味見をしなくちゃな」

甚五郎はさっそく一口食べて額をたたいた。

「これだよ。これだ。うん、俺の思い出の中の味だ。蛸はぶつ切り。焦げもあるか……。あんた、飯の炊き方がうまいねぇ。ばあさんと同じだよ。米粒がきりっと立っている。ああ、よくやってくれた。ありがとうな」

佐菜が鍋の落とし蓋を取ると、蛸のやわらか煮も出来上がったところだった。甘じょっぱい香りが漂う。隣には蛸の唐揚げと瓜と蛸の酢の物もある。

「こっちもちょいと、味見をしなくちゃな」

甚五郎は板の間で蛸飯とやわらか煮を肴に酒を飲み始めた。

味見というより、かなり本格的に食べて飲んでいる。

「あんたの料理の腕も悪くないけど、だけど、やっぱりなんてったって、あの大蛸がよかったんだ。あんなでかいのは、ちょっと見ないよ。船頭がさ、ここでいって言ったけど、俺はもうちょいと沖だって言ったんだ。なんでかそういう気がした。俺の勘はそういうとき、当たるんだよ」

いい調子になって自画自賛である。

そのとき、奥からおかみが姿を見せた。

きれいな女《ひと》である。五十はとっくに過ぎているはずだが色白で、細筆ですっと描いたような目鼻がついている。腕のいい大工や左官は柳橋あたりの芸者を女房にすると聞くから、くろうと筋の人かもしれない。

「なんだ、おまいさん、ここにいたのかい。そろそろお客さんが来る頃だよ」

「いいよ、待たせときゃ。おお、菊《きく》もこっち来いよ」

「なに言ってんだよ。酒なら座敷でゆっくり飲みなよ」

呼ばれて甚五郎はふらふらとついていく。

しばらくすると、若い大工の見習いがやって来た。

佐菜が料理を器に盛りつけると、端から膳にのせて運んでいく。炊きあがった蛸飯をおひつに移すと、それも持って行く。そうこうするうちに、仕出し屋から卵焼きや煮物やかまぼこが届く。魚屋から刺身が来る。

やがて次々と客がやって来て、座敷のほうがにぎやかになった。宴会が始まったらしい。

わあっと歓声が聞こえた。

佐菜も一折、蛸飯をもらって家路についた。

甚五郎の家を出たとき、まだ空は明るかった。風呂敷包みの中にはまだ温かい蛸飯と蛸のやわらか煮が入っている。

おかねの店に戻るつもりだったが、その前に神田明神に寄ることにした。

佐菜はさほど信心深い方ではない。仏壇に朝夕手を合わせるけれど、それはご飯の前にいただきますと言うのと同じくただの挨拶である。

しかし、この日、佐菜は礼を言いたかった。

おかねの店で働き、たけのこ掘りに誘われ、それが専太郎の朝餉の仕事につながり、今度はまた蛸飯につながった。

そんな風に良いめぐりあわせになっているのは、佐菜の力だけではもちろんなく、きっとだれかの、なにかの助けがあったからだ。

神田明神の一之宮は大黒様で、二之宮は恵比寿様、三之宮は平将門《たいらのまさかど》様だ。江戸を守ってくださる神社だから、その片隅に住む佐菜とおばあさまにも、光をあててくれたのだろう。

そう思って社殿の前で柏手を打つ。

「今日はありがとうございました。無事に仕事を終えました」

心の中で礼を言い、踵《きびす》を返す。

鳥居を抜けてにぎやかな参道に出たとき、目の端を親子の姿がすり抜けた。

胸がどきりとした。

あわてて振り返ると、子供の手をひいた女のほっそりした後ろ姿が見えた。子供が何か言うと、女はしゃがみ、子供を抱きあげた。

女は鼻がつんと上を向き、きゅっと目尻があがり、敏捷《びんしょう》そうな体つきをしていた。子供の頰はふっくらとして耳元にほくろがある。

お鹿と市松だ。

佐菜にとっては義母と四歳になる弟。突然三益屋から姿を消し、行方も知れない。その二人がすぐ傍にいる。

佐菜は二人を追いかけた。だが人波に紛れ、見失った。

あれは幻か。いや、違う。たしかに二人を見た。

佐菜は参道の人ごみの中に突っ立っていた。

家に戻ると、おばあさまは本を読んでいた。

「蛸飯はどうでしたか。上手に炊けましたか」

顔をあげ、穏やかな目を向けた。

夕餉の膳には蛸飯と蛸のやわらか煮も並ぶ。一折をおかねと半分に分け、かわりに握り飯や総菜をもらって来た。

「やわらか煮は上手に炊けていますねぇ。佐菜が炊いたのですか」

おばあさまがたずねる。

佐菜が生きた蛸を前にして往生した話をすると、おばあさまは楽しそうに声をあげて笑った。頃合いよしと思って、佐菜は言った。

「帰りに神田明神にお参りして、今日のお礼を言いましたら、参道でお鹿かあさんと市松らしい二人を見かけました」

おばあさまの表情ががらりと変わった。目から笑みが消えた。それでも佐菜は続ける。

「追いかけようとしましたが、見失いました。二人はこの近くにいるのかもしれません」

おばあさまは黙っている。

佐菜がもう一言、付け加えようとしたとき、おばあさまは言った。

「追いかける必要はありません。あの二人は、三益屋を出て行った人です。わたくしたちには、もう、関りのない人です」

おばあさまは箸をおいた。

——その話はもうおしまい。

おばあさまの目が語っている。佐菜は小さくうなずいた。

もう、会えない人たちなのだ。

そう思った。

2

朝からおかねの店で働き、家に戻ると、聞き覚えのある声が響いてきた。

竹だ。佐菜は思わず歓声をあげた。

葛西の実家に戻った女中の竹がたずねて来てくれたのだ。高い頰骨に低い鼻。鬢《びん》に白いものが混じる骨太の女だ。

「まぁ、佐菜お嬢さま、お帰りなさいませ。お元気そうでなによりです。煮売り屋で働いているそうですね。大おかみから聞いてびっくり仰天してしまいましたよ」

竹は大げさに驚いたふりをする。細い目をなおいっそう細くし、大きな口をあけて笑った。

両親や兄夫婦と畑仕事をしているという竹は顔も手もよく日に焼けていた。

「竹は卵を持ってきてくれたんですよ。それから野菜。ごぼうの味噌漬けも」

「まぁ、卵ですか」

佐菜の顔がほころんだ。

「だし巻き卵をつくりましょう。久しぶりに竹に焼かせてくださいませ」

竹は身軽に腰をあげ、台所に向かった。佐菜が鍋や菜箸などを取り出している間に、竹は土間に降りてかまどに火を入れた。

だし巻き卵は竹が京料理の料理人から習ったものだ。

「汁もつくるから、最初にかつおだしを取りましょう」

室町の家の台所で調理していたときと同じように、竹は手を動かしながら佐菜に教える。

北向きの台所の明り取りの窓から入るやわらかな日差しが竹と佐菜を包んだ。

近くで見ると、竹は白髪が増えていた。顔もやせて少し小さくなったようだった。そう言うと、お腹をたたいて言った。

「やせたのは顔だけです。お腹もお尻も以前のままですよ。畑仕事をしているとお腹が空くんです。朝から土を耕して草を抜いて。今の時期は、草を抜くのが大変なんですよ。ちょっと目を離すと、もう、膝の高さに育っていますから。さぁ、おしゃべりはやめて、だしを取りますよ」

竹は厳かな顔つきで水をいれた鍋に昆布を沈めた。

「かつおと昆布の香りと味の、最初のいいところだけを取り出すから一番だしって呼ぶんです。一番だしが上手にとれないと、料理人になれません。いつまで経っても、雑用ばかりの追い回しです」

もう、何度も聞いた説明を竹は繰り返す。

その一番だしのとり方を竹はみごとに身につけた。いや、料理人として通用するかどうかは分からないが、京料理の板前は竹の一番だしをほめた。

そして、その味を竹は佐菜に伝えている。

竹は口をへの字にし、真剣な顔つきで鍋を見つめた。小さな泡が鍋底にでき、ひとつ、ふたつと浮かんで来る。泡の数は次第に増える。

ここが第一の関門だ。

湯の温度が高くて沸騰するまでの時間が早すぎると、昆布のうまみが十分に出ないし、遅すぎると昆布の雑味が出てしまう。沸騰直前に昆布を取り出し、さし水をしてからかつお節を入れる。ふわっとかつお節がふくらむ。

ここが第二の関門。

火からおろし、手早くあくをとって、さらし布でこす。

台所に一番だしの香りが満ちた。竹は金色の液体を小皿にとって佐菜に勧める。

「どうですか」

竹の細い目が佐菜をまっすぐ見ている。

ふわりと香りが鼻に抜け、だしの味わいがするりとのどを過ぎていく。

これだ、これが竹の一番だしだ。

どんなに疲れたときも、熱が出て苦しいときも、竹のだし汁だけはのどを通って、力をつけてくれた。

懐かしい味に涙が出そうになった。

佐菜は黙ってうなずいた。

「ああ、よかった。竹の勘もにぶっていないようです」

竹は大げさに喜んでみせる。

「おばあさまにも味見していただきましょう」

佐菜が座敷のおばあさまに声をかけた。

「そうそう、これが一番だしですよ。ああ、うれしい。久しぶりに竹の料理が食べられます」

おばあさまも目を細めた。

しかし、本番はこれからだ。

竹はすぐさま、だし巻き卵にとりかかる。四角い銅の卵焼き器を温める。一番だしに淡口醬油や味醂を加えて卵を溶き、お玉でひとつ流す。ジューッという軽やかな音とともに、ぷくりと泡が浮かんだ。菜箸で泡をつぶして折りたたんで、奥に寄せ、空いたところに卵液を流す。今度は奥から手前に折る。

竹は眉根を寄せ、だし巻き卵に集中した。

その脇で佐菜は汁をつくった。一番だしに醬油や味醂で味を調え、さっとゆでた青菜を入れる。さらに、ごぼうの味噌漬けを切り、おかねの店からもらってきた油揚げの煮物を器に盛る。冷ご飯は湯漬けだ。

膳には京風のだし巻き卵に汁、葛西風のごぼうの味噌漬け、江戸風の油揚げの煮物、それに湯漬けのご飯が並んだ。

「なんだか、室町にいたころを思い出しますねぇ」

おばあさまが言った。

「まったくですねぇ」

竹が続けた。

室町にいたときの膳もこんな風に、いろいろな土地の料理がいっしょに並んだ。

甘じょっぱい江戸の料理と鮮やかな彩りの京料理、素朴な近江の味があった。

それから三人で思い出話をした。

父や富美かあさまやおばあさまと川遊びをしたときのこと、七五三の着物のこと、佐菜が家の裏の柿の木に登って落ちたときのことも。

こうして三人でおしゃべりをしていると、佐菜も室町の家に戻ったような気がした。懐かしく、温かい気持ちになった。

おばあさまは先に隣の部屋に引っ込み、佐菜と竹で片づけをした。

「佐菜お嬢さまはお変わりありませんねぇ。以前のままに素直で、やさしくて。竹は安心をいたしました」

「全然、変わっていませんか。少しは成長したかと思いましたけれど」

「もちろん、大人になられました。でもね、私が言いたいのは、世間の冷たい風にあたっても佐菜さまの素直さは少しも損なわれていないってことですよ。それは、すばらしいことです。大おかみが望まれたことだと思いますよ」

佐菜は竹に伝えたいことがあった。

「じつは、この前、神田明神でお鹿かあさんと市松らしい人を見かけました」

「……それでお話しはされたのですか」

「追いかけたけれど、見失ってしまいました。そのことを、おばあさまに伝えたのですが……」

「いいお顔はなさらなかったでしょう。当然ですよ」

「でも、私は……」

会いたいという言葉を飲み込んだ。

竹は黙った。やがて静かな声で言った。

「そうですよねぇ。お身内ですものねぇ。佐菜お嬢さまは淋しいですよね」

竹はまた黙った。

「でもね、お鹿さまは、三益屋のおかみだったのですよ。佐兵衛さまが亡くなったとき、これからは自分が三益屋を守る。市松に継がせたいっておっしゃったんですよ。だったら、おかみとしてやるべきことがあるでしょう」

迷惑をかけた方々に頭を下げたり、奉公人たちの身の振り方を考えたり、時に辛く、大変な仕事が残っていた。

「それをなさったのは、大おかみであるおばあさまですよ。都合のいいときだけおかみと名乗り、いざ、三益屋が危ないと知ったら、さっさと見切りをつけて保身を図るような人を、私もおかみとは思いたくありません」

三益屋を閉める時の混乱を佐菜は本当には知らない。室町の家にいて、おばあさまや竹や大番頭の八十吉から話を聞くだけだったからだ。お鹿と市松が消えたあと、手を尽くし、頭を下げてことを収めたのはおばあさまだった。

佐菜はいつも冷たい風の当たらない場所にいた。

「……私はお鹿かあさんを、そんな風に悪い人だとは思っていませんでした。お父さまが選んだ方だから」

八年前、佐菜が八歳のときに実母の富美が亡くなった。その四年後、新しい母としてやって来たのがお鹿だった。両親はなく、兄とふたりで内藤新宿で唐辛子屋を切り盛りしていた。おばあさまは反対したが、それを押し切って一緒になった。翌年、市松が生まれ、佐菜とおばあさまは室町の家に移った。

竹はやわらかな眼差しを佐菜に向けた。

「お鹿さまはおきれいで、頭のいい方です。それに……気持ちもお強い。ひとつの店で大おかみと若おかみが違うことを言ったら店のものは困るでしょう。だから、大おかみはきっぱりと身を引き、佐菜さまとともに室町の家に移った。お鹿さまは三益屋のおかみ、市松さまは三益屋の後継ぎだとした。そのとき、ひとつ条件を出しました」

「条件……」

「お鹿さまは、実の兄の与三郎《よさぶろう》と縁を切ること……」

兄妹の縁を切れと言ったのか。

「与三郎さんにはいろいろと噂がありましてね。大おかみがお鹿さまとのご縁に反対したのも、与三郎さんがいたからですよ。……まぁねぇ、今になってみれば、お鹿さまはやっぱり小さな唐辛子屋の娘でしたよ。三益屋のおかみの器ではなかったということです。大おかみの目は確かでした」

もう、その話はおしまいというように、竹は洗い物を終えた。竹は翌日早く帰っていった。

3

二日ほどして、あけぼの湯のお民がうれしそうな顔をしてやって来た。ずんずんと店の奥に入って来ると、とっておきの話だという顔で言った。

「佐菜ちゃん、あんた、大工の棟梁の甚五郎さんのところで蛸飯をつくったんだろ。あれが、ちょっとした騒ぎになっているんだよ」

男も女も子供も町内のほとんどが来るあけぼの湯は、噂の宝庫だ。みんな顔見知りである。面白そうな話は尾ひれがついてたちまちに広まる。

「そうなんですか」

「蛸飯がどうしたって」

おかねも話に加わる。

そう来なくっちゃという顔で、お民は空き樽に大きな尻をのせた。

「棟梁の甚五郎さんはね、左官の棟梁の辰三《たつぞう》さんと犬猿の仲なんだ。いや、前は仲が良かったんだよ。いっしょによく釣りに行っていた。だけど、ちょっとしたことで喧嘩して、それっきり。江戸っ子は五月の鯉の吹き流しなんて言うけど、あの二人、根に持つほうなんだね」

おかねが湯飲みと漬物を手渡す。

「気が利くねぇ。ついでに、きんぴらごぼうと白滝の炒めもね。……まぁ、そんなわけで、その甚五郎さんの蛸飯の宴会には辰三さんだけは呼ばれなかった。声がかからなかったんだよ。悔しかったんじゃないのかい。辰三さんは左官の寄り合いでこう言ったんだよ」

――なんだ、甚五郎は江戸っ子だ、江戸っ子だって吹聴しているけど、明石の蛸飯がふるさとの味なんだろ。お上りさんじゃねぇか。

「それが甚五郎の耳に入った」

――辰の野郎、生意気な。あいつこそ、江戸っ子は名乗れねぇんだ。生まれは兼康《かねやす》の先だよ。本郷もはずれのはずれ、草ぼうぼうのところだよ。

『本郷も兼康までは江戸の内』という川柳がある。兼康祐悦という口中医師（歯医者）が住んでいたことから兼康横町という地名が生まれた。そこが江戸市中の境目というわけだ。本郷生まれといっても辰の場合は江戸市中ではないことになる。

「ははぁ、そりゃあ、面白い」

おかねは楽しそうに手を打って笑った。

江戸っ子というのは江戸に住む人の誇りであり、最上級のほめ言葉だ。

「しかしねぇ、甚五郎さんもよくないよ。江戸の蛸飯は蛸を向こうが透けるくらいに薄く切って江戸の醤油と味醂で甘じょっぱく、しっかりと味をつけるんだよ。だから、桜飯って言うんだ。甚五郎さんの蛸飯は蛸がぶつ切りで、そんで上方の醤油で味をつけているんだろ」

「まぁ、そうなんですけど……」

佐菜は答えた。

「味は悪くなかったって聞いたけどね、そんな田舎臭いもんを得意げに人に食わせて、俺は江戸っ子だっていうのは、ちょいとねぇ、あれだよ」

「田舎臭いってのは少し言い過ぎじゃないかい」

おかねが口をはさむ。

「ともかく、洒落てはいないね」

お民は断言する。

甚五郎は常日頃から自分を江戸の三代目、水道の水で産湯を使った神田生まれを自慢にしている。

その甚五郎が、田舎臭い料理を出したと言われた。これは少々まずいことになる。

少しすると、甚五郎が怒った様子で顔を赤くしてやって来た。佐菜の顔を見ると早口で言った。

「悪いな、もう一度、蛸飯をつくってもらえねぇかな。今度はちょいと訳ありなんだ」

「聞いてるよ。左官屋ともめたんだろ」

佐菜の代わりにおかねが言った。

「そうだよ。辰三っていうけちな男がいるんだけどね、そいつがうちの蛸飯と勝負をしたいって言ってるんだ」

「……いや、勝負なんて」

蛸にしがみつかれた時のことが思い出されて、気持ちがざわざわした。あの後、蛸の吸盤の痕がしばらく消えなかった。

「俺は別に蛸飯を自慢しようとか、そういう気持ちじゃなかったんだよ。急に蛸飯が食べたくなってさ、立派な蛸が釣れたから、みんなを呼んで酒でも飲もうかって話だったんだ。それなのに辰ってやつは、そういう奴なんだ。根性がまがっているんだ」

甚五郎が佐菜の顔をちらりと見る。

「金の方も気持ち、上乗せする。……やってくれるよな」

「……私じゃなきゃだめなんですか」

「当たり前だ。そうでなくちゃ、勝負になんねぇ。場所は江戸芳《えどよし》って料理屋だ。神田明神の先にあって、俺もよく知っている店だ。蛸は俺が釣って来る。ほかのものはつくらなくていいんだよ。蛸飯だけだ。この前と同じように炊いてくれればいい」

今度は料理屋か。ということは、辰三の料理はその江戸芳の板前がつくるのか。それでは勝負にならない。

思わずため息が出た。

「いくらこの子が料理上手だって、本職の板前がつくる料理に勝てるわけないよ。かわいそうだよ」

とおかねがかばったが、

「そうだな。そこは言ってやる。だから、頼むよ」

甚五郎が片手をあげて拝むまねをする。

結局、佐菜が蛸飯をつくることになった。

それから、再び、甚五郎は真蛸釣りに励んだ。

佐菜はおかねとともに、江戸芳の厨房を見せてもらいに行った。

勝手口から入って案内を乞うと、おかみが出て来た。大柄で華やかな顔立ちの女だった。佐菜の顔を見ると相好をくずした。

「甚五郎さんから話は聞いていますよ。坂の上の大鼓の家の坊ちゃんの朝餉もつくりに行っているんですってね。蛸飯をつくってくださるんでしょ。私たちも楽しみにしていますよ」

案内された厨房は広く、十人近い料理人たちが忙しそうに働いていた。二十代から三十、四十の働き盛りの、大人の男たちが真剣な表情で切ったり、焼いたり、盛りつけたりしている。始終水を流すので料理人たちは全員裸足で高下駄をはいていた。歩くとカッカッと高い音がする。しかも始終、「おい、早くしろ」とか、「鍋はあがったか」とか、「なにやってんだよ」という大声が飛び交っている。

ここで自分も料理をつくるのか。

佐菜は息が苦しくなってきた。

「人が大勢いるので驚きましたか。今日は宴会が二つも入っているので朝から大忙しですよ。うちは、神田明神も近いでしょ。大工さんに左官さん、鳶《とび》の方々とかね、ご贔屓《ひいき》をいただいております」

おかみの話を聞いていると、白髪頭の板長がやって来た。

「蛸飯を炊くのは……、えっとどちらの方かな」

「……私です。……よろしくお願いします」

佐菜は小さな声で応えた。

「まぁ、御覧のとおりの厨房ですよ。なに、気張ることはないですよ。いつも通り、気楽につくっていただければね。困ったことがあれば、近くに誰かいますから呼んでください」

板長に呼ばれて、佐菜と同じ年くらいのやせた男がやって来た。色が浅黒く、あごがとがって、負けん気の強そうな黒い目をしていた。

「新吉《しんきち》です。当日は、この男が料理をします。若い娘さんを相手に私が出るっていうのもねぇ。そこで、まぁ、いろいろと考えて新吉に任せることにしました。石和《いさわ》の生まれでここに来て七年、一通りはできるようになりましたから、ちょうどいいのではないかと思いましてね」

新吉は口をへの字にして板長の話を聞いている。

なんで、俺がこんな素人女の相手をしなくちゃならねぇんだ、という顔だ。それでも、形ばかりのあいさつを交わした。

蛸も釣れて、当日の朝が来た。

おばあさまに「心配することはありません。普段通りでいいのですよ」と励まされた。

佐菜が支度をして行くと、厨房ではもう料理人たちが働いていた。ほかのお客も来るし、甚五郎と辰三の席でも、汁物や酢の物を用意するからだ。

佐菜は厨房の隅に案内された。台の上には釜や米など、必要なものはひととおり揃えられており、脇には蛸の入った魚籠もある。

少し離れたところに新吉もいた。

「今日はよろしくお願いいたします」

佐菜は全員に聞こえるように挨拶をした。風呂敷包みを解いて包丁や晒し布を並べていると、板長が笑顔でやって来た。

「ほう、晒し木綿を持って来たんですか」

真新しい晒し木綿を一度洗い、のりを落としたものだ。食材の水気をきったり、まな板をふいたりと様々に使える。

「こうすることは、誰に教わったんですかな」

「はい。私に料理を教えてくれた竹という者が。竹は料理人に習ったそうです」

「それは感心、感心。しろとさんは、もらった手ぬぐいなんぞを使う方が多い。いや、それも悪くないけれど、今日のこういう日なら、やっぱり、まっさらの、きれいな晒し木綿のほうが気持ちがぴりっとひきしまる。……おい、新吉。今の話を聞いたか」

くるりと表情を変えて新吉を呼んだ。

「こちらの娘さんは真新しい晒し木綿を用意してきたぞ。しろとさんだなんて油断したらいかん。お前なんぞとは心がけが違う。心して調理に向かうんだぞ」

「へい」

頭ごなしに叱られて新吉は悔しそうに佐菜をにらむ。

板長がいなくなると、新吉は聞えよがしにぶつぶつ言い出した。

「まったくついてねぇよ。相手は十六の素人だって聞いて、うちの板長はばかばかしくなって俺にふったんだ。『ああ、新吉、お前がいい。お前ぐらいでちょうどいいんだ』ってさ。俺も甘く見られたもんだ」

佐菜は新吉を無視して外に出た。井戸端で米を研いでいると、新吉もついてきた。鍋を洗いながらつぶやく。

「江戸の生まれなんだってな。銀シャリ食って育ったんだろ。いいよなぁ。俺も江戸っ子に生まれたかったよ。そうしたら、馬鹿にされることもなかった。料理屋に来たのは飯が食えるって聞いたからだけど、兄さんたちの食い残しだけだから、いっつも腹を空かせている」

佐菜は黙っていた。新吉はなおも続けた。

「俺はさぁ、江戸っ子でござい、金も持っていますって澄ましている奴を見ると、腹が立って仕方がねぇんだ。俺だって、金持ちに生まれたかったよ。江戸っ子だって自慢したかったよ。そしたら、こんな風に毎朝、眠いのにたたき起こされて一日、くたくたになるまで働かされ、夏は暑くて、冬は寒い。あかぎれをつくって水仕事しなくてもすんだ。だけど、そうじゃなかった。俺のせいじゃないのにさ。くそ。まったく腹立つよ」

新吉は力任せに鍋を打った。ごんと乾いた音がした。

佐菜は新吉を無視して立ち上がった。新吉が怒鳴った。

「人の話を聞けよ」

言葉が出なかったので睨み返して厨房に戻った。

しょうがを刻んでいると、新吉は何食わぬ顔で戻り、魚籠から蛸を取り出した。中くらいの大きさの蛸がおとなしく固まっている。

こっちも生きた蛸を使うんだ。

ひとりごとのつもりだったが、新吉に聞こえたらしい。ひとりごとで返してきた。

「そっちは釣ってきた真蛸をぶつ切りにして炊くんだろ。いいだしが出るよなぁ。江戸芳の蛸飯はこの蛸をまずゆでて、それを薄切りにするんだ。江戸の蛸飯は醤油と味醂で味をつけた飯ってだけだ。だから、俺に押し付けたんだよ。負けたら、俺の腕が悪いってことにすりゃあいいんだ」

新吉は蛸をまな板にのせると、慣れた様子で目打ちでとどめを刺した。

「そういや、さっき、甚五郎さんが来た。何をするのかと思ったら、蛸のとどめを刺していった。どこぞの嬢ちゃんは蛸の扱いも知らねぇんだな」

新吉のひとりごとは、周囲に聞こえるぐらいはっきりとした言葉になった。

佐菜は唇を嚙んだ。

「そりゃあ、俺だって刺すときはかわいそうだとは思うよ。だけど、しょうがねぇんだ。誰かがやらねぇとさ。そういうやっかいな仕事を他人まかせにして、よく料理をしますなんて言えるよな。ちゃんちゃらおかしいや」

そんなことを言いながらも、新吉は手を止めない。ワタを取り除き、墨を洗う。

佐菜も同じように粛々と自分の仕事をこなした。井戸端に行き、蛸に塩をふってもみ洗いする。いつの間にか新吉も来て、同じように作業をしている。二人とも口をきかない。目も合わせない。ひたすら作業をする。

指に力をいれ、とくに吸盤のまわりはていねいに。肩も腕も痛くなり、指が疲れてきたころ、ようやくぬめりが落ちて、キュッキュッと音がしてきた。

そのあと、佐菜は蛸をぶつ切りにし、調味料と共に加えてご飯を炊いた。

釜をかまどにおいてしまうと、手が空いた。

新吉の言葉がいつまでも腹の中にとどまって、ごろごろと転がっている。

たしかにその通りなのだ。

佐菜は蛸のとどめが刺せない。蛸だけではない、穴子も伊勢海老も無理だ。

でも新吉と張り合うつもりはない。ましてや料理人だと名乗るつもりもない。

佐菜がつくるのは家のご飯だ。家族や周囲の人のために、おいしくて体によくて、明日の元気の元となるようなものをつくりたいのだ。竹から習った通りに、おばあさまの知恵も借りて、ただひたすら真面目に、一生懸命つくるだけだ。

自分が恵まれていることは知っている。

三益屋がなくなった今ですら、新吉から見たらいい気な暮らしに見えるだろう。

でも、佐菜だって、佐菜なりに精一杯なのだ。

日が暮れて、頃合いの時刻になった。釜の音が変わって、ふつふつと白い泡が浮いて来た。

他の料理人たちも酢の物や煮物、汁椀の仕上げにかかっている。膳が用意され、出来上がった料理が並び、仲居たちが運んでいく。

「どんな具合ですかな」

板長がやって来た。

佐菜は耳を澄ます。

「ちょうど今ではないかと思います」

佐菜は釜をかまどからおろして蒸らす。ふたたび、耳を澄ます。鍋肌の焦げるかすかな音がする。

佐菜は思い切って蓋をとった。

白い湯気とともに磯臭い蛸の匂いが広がった。一気にしゃもじでかき混ぜる。

「ほう、ほう。うまく炊けてるようですね。なるほどね、明石の蛸飯ってのは、こういうものですか。ご苦労さん。ちょいと味見をさせてもらいますよ」

板長は小皿に取って一口食べ、目を細めた。

「なるほどな。醤油は淡口ですね」

「はい。酒は多め、砂糖が少し、ほかにしょうがのせん切りを入れています」

「お前らも、一口ずつ食べてみろ」

料理人が集まって来た。新吉は後ろのほうで小さくなっている。

「素直な味だなぁ」

「おふくろの味ってやつかな。料理屋で出すんなら、もうひとつ工夫がねぇとな」

三十そこそこと見える料理人が声をあげた。

やはり、そうか。佐菜はうつむく。

「お前らは、本当になんにもわかってねぇなぁ。釣りあげた真蛸を、その本人が食べるんだ。工夫なんていらねぇんだよ。とにかく蛸がうまけりゃいいんだ。これでいいんだよ」

年かさの料理人が言った。

「まったくだ。慣れない厨房でこの飯を炊いたんだ。米粒も立っているし、蛸もやわらかい。いい腕をしているよ」

別の料理人が言った。

その後ろの方で、新吉の蛸飯はほかの料理人たちにあれこれ叱られている。

新吉の出来が悪かったのではない。

佐菜はお得意さんが連れてきたお客さん、新吉は下っ端の料理人だ。そもそも扱いが違うのである。

しばらくしておかみが来て、佐菜と新吉は座敷に向かった。

二階の広間に甚五郎と辰三、ほかに数人の男たちが座っていた。

「今日の蛸飯をつくった料理人たちでございます」

「佐菜と申します。本日は貴重な機会をいただき……ありがとうございました。なにぶん未熟者で……せっかくの……蛸を……精一杯……お口にあいましたら……幸いです」

昨夜何度も練習したのに、挨拶はとぎれとぎれになった。

新吉も慌てたように続いて挨拶をする。

「いやいや、さすがの真蛸でしたよ。江戸前の桜飯もうまかった。堪能しましたよ」

おっとりと答える声に聞き覚えがある。そっと顔をあげると大鼓の石山名人であった。

向かいには甚五郎、その脇に白髪の体格のいい男がいる。辰三に違いない。二人とも上機嫌だ。

甚五郎が立ち上がって、佐菜ではなく、新吉のところにやって来た。

「いやあ、あの桜飯はうまかった。さすがだったよ。江戸前はこうでなくちゃな」

やさしい顔でねぎらう。

辰三も佐菜のところに来た。

「明石の蛸飯というのを初めて食べたよ。江戸前の桜飯も悪くないけれど、明石の蛸飯もいいな。これからは、俺も蛸飯は明石にする」

そういうことか。

佐菜は腹に落ちた。

蛸飯の勝負だというのは口実で、本当のところは角つき合わせた二人の仲を長老が取り持つという筋書きだったのだ。

本気になって佐菜につっかかっていた新吉は悔しそうな顔でうつむいている。佐菜も悔しい思いをしたけれど、そのおかげで緊張せずにすんだ。新吉さまさまである。

帰り支度をすませ、板長に挨拶をした。

「今日は勉強になりました。ありがとうございます」

「いや、面白かったよ。あんた、大鼓のお師匠さんのところでお孫さんの朝餉をつくっているんだってね。お師匠さんがほめていたよ」

「……あ、はい」

「うちでも、時々、家に来て料理をつくってほしいと言われるんだ。だけど宴会だったらともかく、一人、二人のために板前を出すわけにもいかないしねぇ。あんたは頼まれたら、どんどんやったらいいよ」

「……そうですか」

「うん、あんたがつくるのは、素直であったかい、いい味だ」

やさしい目をしていた。

板前料理でもない、煮売りでもない、佐菜の料理だからよいのか。

最初は専太郎の朝餉、それが甚五郎の蛸飯につながった。

頼まれるままに始めたおでかけ料理だが、きちんとした商いとなるのかもしれない。以前、おかねに言われたときはまさかと思ったが、今は違う。手ごたえのある形になった。そう思ったら胸の奥が熱くなった。

帰りがけ、井戸端で新吉が鍋を洗っているのが見えた。背を丸め、十個以上もある鍋をひたすらこすっている。

今日はたまたま、佐菜と年が近いので新吉が選ばれたが、ふだんは洗いものや下ごしらえが主な仕事なのだろう。厨房には先輩たちがたくさんいるから、新吉が煮物や焼き物を任される日はまだまだ先だ。

——俺だって、金持ちに生まれたかったよ。江戸っ子だって自慢したかったよ。

あれは新吉の本音に違いない。

佐菜だって同じくらいの年齢の子が、どんな思いで働いているか考えたこともなかった。三益屋の事情も知らないことばかりだった。

みんなは佐菜が素直でやさしいと言ってくれるけれど、それは、おばあさまや竹によって冷たい風から守られ、のほほんと生きて来たからではないのか。

なにも知らない、知ろうともしなかった室町にいたころの自分は幸せで、明日の暮らしを心配しなければならない今は、不幸だろうか。

佐菜は背をのばし、まっすぐ前を向いた。

世間の人が考える幸せとは少し違うけれど、自分は今の暮らしが気に入っている。そう思った。

四話　お食い初めの鱚《きす》のすし

1

「腹減ったぁ。おっかぁ、何か食わせろ」

大きな声をあげながら、正吉が店に駆けこんできた。

「握り飯があるよ。売りもんだからね、自分でとったらだめだ。佐菜ちゃんに皿にとってもらいな。それから、芋の煮転がしをひとつつけてやっておくれ」

客の相手をしていたおかねが答える。佐菜が皿にのせ、水といっしょに渡すと、むしゃむしゃと食べ始める。たちまち平らげて、また叫んだ。

「おっかぁ、握り飯、もう一個食べていいか」

「だめだよ。そんなにたくさん食べられたら、この店はやっていかれないよ。水でも飲んで、さっさと遊びに行きな」

おかねが言い終わらないうちに、正吉はすばやく握り飯をひとつとって口に押し込むと、店を飛び出していった。

「子曰く、君子は和して同ぜず」

正吉は大きな声で叫んだ。

「今のは、なんだい」

やって来たお民がたずねた。

「……論語です。カルタなんですよ」

佐菜は言葉少なに説明した。

机の前に座ることは苦手だが、物覚えは悪くない正吉のためにおばあさまが論語カルタを手作りした。読み札が「子曰く、君子は和して同ぜず」なら、取り札が「小人は同じて和せず」というわけである。

たちまち、正吉は夢中になった。すぐに五十章句を覚え、そらで言えるようになった。

ただし、意味の方はさっぱりである。正吉の関心は何枚札をとるかということだけだ。

「正吉ちゃんは物覚えがいいもんな」

やって来た権蔵が話に加わる。

「いやいや、あの年ごろの子は興味があることなら、なんでも覚えちまうんだよ。論語だって、なんだってさ」

おかねがまんざらでもない顔で笑う。

「そうだな。俺は子供のころ、東海道五十三次、全部言えたぞ。今はすっかり忘れちまったけど」

「あたしは読み書きは苦手だけど、役者の名前だけは一度で覚えるね」

お民も妙なことを自慢する。

まったく正吉は正しく、子供らしい子供である。通りの向こうの手習い所こそ失敗したが、正吉はこの界隈の子供連中の顔役で、日が暮れるまで遊んでいる。

その正吉を見ると、佐菜は専太郎のことを思わずにはいられない。

いよいよ本格的に大鼓の稽古がはじまった。問題は謡と仕舞で、隣家の稽古場で同じ年ごろの子供たちとともに習う。本人は元気で、みんなと仲良くやっているように言うけれど、袴の裾をつかまれて転ばされそうになったり、あれやこれやとからかわれているようだ。

その時、店の表で声がした。やって来たのは大工の棟梁の甚五郎である。

「おう、この間はありがとうな。おかげで、おいしい蛸飯にありつけた。それで、ちょいと相談なんだけどさ。うちの若いもんに子供ができてね、今度、お食い初《ぞ》めをするんだよ。頼まれてくれないかねぇ」

「ほう、佐菜ちゃん、あちこちからお声がかかるようになったねぇ」

佐菜より先に答えたのはお民である。

「よろしく頼むね。初めての子で喜んでいるんだよ」

甚五郎も続ける。

「うれしいねぇ。この前の蛸飯を気にいってくれたんだね」

おかねも目を細める。

「よろしくお願いします」

佐菜はあわてて頭を下げた。

甚五郎が紹介してくれたのは、大工の留吉《とめきち》とお浜《はま》という若い夫婦である。留吉は三十そこそこ。まじめで腕もいいので甚五郎も目をかけている。今年、息子の喜助《きすけ》が生まれ、半月後にはお食い初めをしたい。甚五郎の蛸飯の話を聞いて、佐菜に頼みたいと言ったそうだ。

お食い初めとは、生まれてきた子供に食事のまねをさせて、食べ物に困らない人生を送れるよう願う祝い行事だ。江戸では、生後百二十日目に行われる。

「留吉は板橋宿の出で、お浜は武州だ。二人で頑張っているんだ。気持ちがあったかくなるような、祝いの飯をつくってくれよ。そんで悪いけど、銭のない若い奴だから二人と赤ん坊の分。ほかのかかりは別で、この前と同じで」

甚五郎はそう言って指を三本立てた。三百文ということだ。

その日の夕方、佐菜はひとりで留吉とお浜の家をたずねた。本当はおかねについて来てもらいたいが、そろそろ一人で行けるようにならねばならない。

神田明神の裏手の、木の香のするような真新しい割り長屋だった。開けるとすぐかまどのある土間。煮炊きはここでする。その奥が四畳半の畳の部屋だ。部屋の隅に裁縫道具があったから、お浜は仕立物の内職をしているのかもしれない。

「まぁ、わざわざすみません。さぁ、あがってくださいな」

人なつっこい笑顔を見せて女房のお浜が言った。佐菜は勧められるままに座敷にあがった。

留吉は太い眉と太い腕をした気の良さそうな男で、腕にまるまるとした息子の喜助を抱いていた。お浜の胸にはたっぷりと肉がついている。佐菜も加わると、四畳半がずいぶんと狭く感じた。

「前の家は古いし、裏が堀でやぶ蚊が多かったから、こっちに引っ越したんだ。新しいしね、気持ちがいいよ。甚五郎親方にはもっと仕事をして、早く、一軒家に引っ越せって言われているんだけどさ。……こんなところでも、料理をつくってもらえるかねぇ」

申し訳なさそうに留吉に言われた。

「……あ、はい。……よろしくお願いします」

佐菜は頭を下げた。

「そう言ってもらってうれしいよ。あたしは田舎育ちだから料理は苦手だし、仕出しってのは冷たいだろ。せっかくの喜助のお食い初めだから、ちゃんとしたものにしたいと思っていたんだ。あたしたちの分で三人前、できれば隣近所に赤飯を配れたらうれしいんだけど」

お浜が続ける。

お食い初めでよく使われるのが赤飯と尾頭付きの鯛の焼き物と蛤《はまぐり》の汁、香の物という一汁一菜だ。かまどで赤飯を炊き、鯛は七輪で焼いて、その後、汁もつくればいいからできないことはない。これまでも石山家の広くて立派な台所に甚五郎の狭いが使いやすい台所、さらに江戸芳の調理場でも料理をしたから、少しは度胸もついている。

「銭のほうは親方から聞いたんだけど、これでやってもらえるかな。材料はこっち持ちってことで」

指を三本立てる。

「はい。承りました」

「そうかぁ。よかったなぁ」

お浜に留吉がうれしそうな笑顔を送る。

「甚五郎親方に相談してよかったねぇ」

番茶の用意をしているお浜も笑みを返す。

留吉は十五で江戸に出て来て甚五郎の下で見習いとなった。お浜は武州から出て来て、神田の小間物屋で奉公していた。

「小間物屋の物置の修繕に行って、そしたらお浜が今日みたいに茶を出してくれたんだよな」

「そうだねぇ。冬の寒い日だったから、おかみさんに温かい茶を出してやれって言われてね」

「その時は話もしなかったなぁ」

物置の修繕は一日で終わってしまった。それが夫婦になるのだから、人の運命は分からない。

なれそめを聞いているうちに、佐菜は留吉とお浜の二人が昔からの友人のような気がしてきた。喜助のために、特別なお食い初めを用意したいと思い始めた。

「あの……、鯛の焼き物をほかのものに変えてもいいですか。たとえば鱚《きす》とか」

「鱚ねぇ……」

留吉が首を傾げた。

「息子さんの名前にちなみますし、魚偏に喜ぶで縁起のいいお魚ですから。焼いても、揚げてもおいしいし」

シロギス、いわゆる鱚は一年を通してよく獲れ、身は白く細く、姿がよいうえ、海の鮎といわれるほどうまさがある。「鱚」の字面がよいと将軍家で毎日食されていると聞くし、うれしいことに値段も鯛よりお手頃だ。

「それはいいなぁ。お浜はどうだい」

留吉がお浜の顔をのぞきこむ。

「あんたがいいって言うんなら、あたしは文句はないよ」

どこまでも仲の良い二人である。

「……では、そういうことで。……考えてみます」

佐菜はそう言って部屋を出た。


家に戻ると、おばあさまはカルタをつくっていた。

「正吉がカルタの文言をすっかり覚えてしまったのですよ。今、新しいカルタをつくっているところです。本当にあの子は賢いし、物覚えがいいわ」

おばあさまは正吉がかわいくて仕方がないらしい。

佐菜は手早く夕餉の支度をする。

かぶの葉の味噌汁に甘辛く煮た油揚げ、ぬか漬けに湯漬け飯である。

温かい味噌汁はなによりのごちそうだ。それに、二人とも油揚げが大好きだから、手を替え、品を替え、毎日のように食べている。よくつくるのは甘辛く煮た油揚げで、湯漬けご飯にのせて食べる。

食事を終えて茶を飲んでいる時、佐菜は言った。

「今日、お食い初めの相談をいただきました」

「まぁ、お食い初め、めでたいですねぇ。それで、佐菜はどういうものを考えているの」

「お食い初めの料理は鯛を使うのが普通ですけれど、お子さんの名前が喜助ちゃんなので、鱚を使おうかと。ほかにお赤飯と蛤の汁、漬物を考えています」

「鯛ではなく、鱚を使いたい。それは良いことを思いつきました」

おばあさまは立ち上がって、一冊の本を取り出した。

「ここにもこう書いてあります。『きす、俗に鱚の字を用ゆ。……一にしらきす、又海ぎすといふ、その肉喫白《まつしろ》にして、味甘美《あま》し、最上なり』。ところで、佐菜はそもそも、お食い初めというのがいつ始まって、どういう意味があるのか知っていますか」

「ですから……、生まれた子供が一生食べ物に困らないようにという願いをこめて、百二十日目に行うものです」

「その通り。よく覚えていますね。お食い初めは、百日祝《ももかいわ》いと呼ぶこともあります。赤ん坊の歯が生え始めるのがちょうど百日ごろ。唐から伝わってきたものだそうで、我が国では平安の昔から行っています。お膳にも決まりがあるのですよ」

　おばあさまはまた別の本を取り出した。

「一汁三菜で、まずは尾頭付きの鯛の焼き物。汁は『吸う』力が強くなるという意味で、吸い物を。女の子だったら『生涯を共にする』という意味で蛤が喜ばれますけど、男子だったら、『腰が曲がるまで長生きする』という願いをこめてえびもよいですね。煮物は子孫繁栄の縁起物の小芋のついた里芋と喜ぶにかけて昆布を。香の物は頭《かしら》を目指すようにという願いをこめた縁起物のかぶの一夜漬け。ご飯はもちろん赤飯です」

「……つまり、焼き物は、やはり鯛の尾頭付きがよいのでしょうか。鱚ではなく」

「いえいえ、そうは言っていません。ここは進取の気風に満ちた江戸です。しかも、若いご夫婦が中心となるお祝いです。鱚がよいと思います。ただ、料理をつくる佐菜はそういうわれ、しきたりがあることを心に留めておくといいということです。……でも、鱚を使うなら、焼き物ではなく、なにか一工夫した方がよいでしょうね」

　たしかにその通りだ。

高価な鯛を安価な鱚に変えたと思われたくはない。

となれば、天ぷらか。鱚の天ぷらは喜ばれるだろうが、せっかくの依頼である。それこそ「進取の気風に満ちた」新しいお食い初めの料理を提案したい。

考えていると、おばあさまが言った。

「ところで、佐菜は鯛がなぜ鯛なのか分かっていますか。いわしや鯵やほかの魚と違う、特別な魚とされている理由を知っていますか」

「赤いからではないのですか」

「赤い魚ならほかにもあります。鯛が鯛なのは、自分の中に鯛を持っているからです」

鯛の鯛、あるいは鯛中鯛と呼ばれる、鯛の体の中にある鯛の形をした骨のことだ。目玉に見える大きな丸い穴が空いている頭があり、その先は胸鰭《むなびれ》をつけたようにふくらみ、さらに尾にむかって背骨がすっと伸びている。小さいし、折れてしまうこともあるので見つけるのは難しいが、縁起物といわれ、大事に取っておく人もいる。

「そぼろになっても、汁になっても鯛の風格を失わないのは、鯛の鯛があるからです。人の一生には、さまざまなことがあるでしょう。大切なことは逆境にあっても、自分の中の鯛の鯛を見失わないこと。そういう意味もあるでしょうね」

おばあさまは佐菜の目をのぞきこんだ。

――あなたの鯛の鯛は三益屋の娘だということですよ。

そう言われた気がした。

鱚で献立を考えようとしていたのだが、鯛の鯛の話を聞いてしまったら考えがそこで止まってしまった。

また、おばあさまに頼ってしまう。

「せっかくですから、鯛にも負けないような見た目に華やかで食べておいしいお膳にしたいのですが、なかなかいい知恵が浮かびません」

佐菜の手にした紙には、鱚の天ぷら、赤飯などの文字が並んでいる。一瞥《いちべつ》したおばあさまは言った。

「前々から思っていたのですけれど、どうしてお祝いのご飯はお赤飯なのでしょう。おかずがたくさんあるのですから、ふつうの白いご飯のほうがおいしいのに」

考えたこともなかった。

「そうですねぇ。……でも、お赤飯はおめでたい席につきものだし、隣近所にお配りするのにも便利です……」

「大事なのはお招きした方々です。隣近所へのご挨拶は、そのついでのようなものです」

きっぱりと言う。

言われてみれば、その通りである。

「えっと、では、白いご飯にして……」

赤飯の文字に線を引く。

「ご飯ものなら、別のものもあるでしょう」

「でも、今、おかずがたくさんあるからと……」

おばあさまは積みあがった本の中から一冊引き抜いてながめている。

表紙には『すし名物』とあった。

「……もしかして……、おすし……ですか」

「そう。鱚をおすしにすればよいのですよ。酢を使っているから時間が経ってもおいしくいただけます。隣近所にも配れます」

『すし名物』を借りてぱらぱらと眺める。江戸前の握りずしに上方の押しずし、なれずし、柿の葉で包んだものなどさまざまなすしがあった。

「押しずしというのは、箱や桶にすし飯を入れて重石をかけて締めるのですね」

「ご飯と具がなじむし、ご飯がたっぷり食べられます」

「柿の葉ずし、笹ずし……、葉で包んだら、色がきれいでしょうねぇ」

「いい香りがしますよ」

「魚の姿が丸ごと見える姿ずしというのもあるのですね。『鯖、さんま、いわしなどを用いるべし』。青背の魚がいいということでしょうか。でも、鱚の姿ずしもおいしいですよね」

佐菜はあれこれ考えている。

「そこにばらずしというのがあるでしょう。それが江戸でいうところのちらしずしです」

なるほど。江戸前の鱚を使うなら、すしも江戸っ子好みのものがよい。ちらしずしなら、佐菜は何度もつくったことがある。干ししいたけやかんぴょうを具にして、錦糸卵をちらす。そのときいっしょに酢でしめた鱚をちらすのか。

佐菜はさっそく簡単な絵にして、翌日の夕方、留吉が戻った時刻を見計らって、二人の元に行った。

「鱚のちらしずしを考えてみました」

「いいねぇ。あんた、ちらしずし、好きじゃないか」

お浜がうれしそうな声をあげた。

「ああ、酒飲みにも喜ばれるな」

留吉も目を細める。

そんな風にして話はまとまった。


夏の空はまだ明るさを残していた。

佐菜は神田明神に手を合わせてから帰ることにした。参道沿いの食べ物屋には明かりが灯り、たくさんの人が行き交っていた。

佐菜はつい、お鹿と市松の姿を目で探してしまう。

記憶の中のお鹿はさばさばとした楽しい人だった。初めて会った日、佐菜が「おかあさま」と呼ぶと、まじめな顔で言った。

「佐菜さんのおかあさまは亡くなった富美さまひとりだよ。あたしのことは、お鹿さんって呼んでくれていいよ」

その言葉に佐菜はほっとした。

本当の気持ちを言えば、突然、現れたお鹿のことを「おかあさま」と呼ぶことはためらいがあった。「お鹿さん」なら素直に呼べる。もっとも、その後で、おばあさまが提案して「お鹿かあさん」と呼ぶことになったのだが。

実の母の富美はたとえて言えば、やわらかな白い真綿のような人だった。黒目勝ちでふっくらとした頰のやさしげな顔立ちで、琴を弾いたり、花を生けたりするのが好きだった。年をとっても少女のようなかわいらしさがあるといわれた。

お鹿かあさんは、ぴんとはった絹糸だ。鼻がつんと上を向き、きゅっと目尻があがっている。細く、敏捷そうな体つきをして、はきはきと思ったことを言う。お鹿の元気は父の佐兵衛に伝わり、奉公人たちに広がり、店に活気が出た。佐菜は奥の部屋で過ごしていたけれど、そんな店の変化は伝わって来た。

おばあさまは賢くて物知りで、とてもきちんとしている。佐菜はおばあさまのうっかりやおっちょこちょいなところを知っているが、それは内々でのことで、店の者の前ではそんな様子はみじんも見せなかった。奉公人はおばあさまの前にでると緊張して、余計なことを言うまいとしていた。

けれど、お鹿は違った。

お鹿は「ちょいと、教えてもらいたいんだけど、今まではどうしていたんだい」などと気軽にたずねる。自分から奉公人たちの輪の中に入っていった。お鹿がおかみとして店の仕事もするようになると、おかみ、おかみと女中や手代が頼りにするようになった。

そんなお鹿とおばあさまの仲は悪くなかったはずだ。

「お鹿は言葉がぞんざいなのが玉に瑕《きず》ですねぇ。それさえ、注意してもらえればいいんだけれど」

そんなことを言っていた。

風向きが変わったのは、市松が生まれたときからだ。

おばあさまとともに室町の家に移ったが、佐菜は弟の市松がかわいくて、しょっちゅう日本橋に遊びに行った。お鹿も歓迎してくれた。でも、

「お鹿さまは店のお仕事がありますから、あまりお邪魔をしないように」

あるとき竹に言われた。

竹から料理を習うようになったのは、そのころだ。佐菜は料理に夢中になって日本橋へは足が遠のいた。

佐菜ははっとして立ち止まった。

それらすべては、佐菜とお鹿を遠ざけるためのおばあさまの計らいだったのではないか。

そんな風に考えると、なんだか、おばあさまがとても嫌な人のように思える。けれど、おばあさまは佐菜の幸せや三益屋の将来を第一に考えていたのだ。

佐菜はお鹿を目で探すのをやめて、足を速めた。

それまでのことはともかく、お鹿が市松を連れて三益屋を出たことで、絆は切れてしまった。

おばあさまは人に大切なのは、鯛の鯛だと言った。お鹿には三益屋のおかみという鯛の鯛がない。そう考えているに違いない。

2

朝餉を用意している専太郎の雲行きが怪しくなってきた。一時増えた食事の量がまた減って来ている。汁は飲むけれどご飯は茶碗半分ほど、切り干し大根の煮物には手をつけなかった。

稽古が楽しくないのかもしれない。

佐菜はさりげなく話しかけてみた。

「……お稽古は進んでいますか」

専太郎は黙っている。右手が上手に使えないらしい。

「……腕……」

「えっ」

　専太郎は困った顔になった。

「腕、どうかしたんですか」

「ちょっと転んだんです」

　佐菜がじっと見つめたので、専太郎は渋々袖をまくって腕を見せた。二の腕が二カ所、赤く腫れている。摑まれた指の痕のように見えた。

「……かわいそうに。痛かったでしょう。どうして我慢していたんです」

　専太郎の手から箸が落ちた。顔が真っ赤になり、涙が浮かんだ。

「お母さまには言わないでくださいね。それから、女中たちにも」

　佐菜は黙ってうなずく。専太郎はぽつり、ぽつりと話し出した。

「稽古場に来ている子に腕を摑まれて転がされました」

　謡の『夜討曾我』の出だしは「その名も高き富士の嶺の」である。「富士」のところは「ふっじぃ」というように尻上がりに謡う。専太郎は上手にできたと先生に褒められた。

「突然、勘太郎《かんたろう》という私と同じ年の子がくすくすと笑い出したんです。そしたら、ほかの子たちも釣られて笑いだした。先生が叱って、みんなはおとなしくなったんですけど……」

　帰り道で、勘太郎がまたふざけだした。

「口をとがらせて白目をだして『ふっじぃのねの』って何度も謡うんです。それが、なんていうか……、まるで、しゃっくりをしているような……。それが、私だって言うんです」

「……喧嘩になったんですか」

「私のほかの五人はみんなお武家の子供たちです。坂下の道場で剣道を習っています。あの子たちは謡も仕舞も好きじゃないんです。だから、いつもふざけてばかりいて、全然まじめじゃないんです」

　専太郎はきっと一点を見つめた。

「謡を笑ったから私は怒りました。謡はとっても美しくて大事なものなんです。そんな風にして、ふざけてはだめなんです。だから、私はそう言いました」

「そうですよ。もちろん、そうです。大きい子もいたのによく言いました。……それでほかの人たちと喧嘩になったんですか」

「生意気だって。……あの子たちは、自分たちは武家の子で偉いんだって言いました。……でも、ただの乱暴者です。お武家の子だからって、なんでも許されるわけではないのです。私はあの子たちと仲良くなれませんん」

専太郎の声が震えている。爪が食い込むほど強く握ったこぶしは小さく、腕も細い。

「でも、私は泣きませんでした」

この前は囲まれて震えていたのに、今回は泣かなかったのか。

ふいに論語カルタの章句が思い出された。

『義を見て為ざるは、勇なきなり』

人として行うべきことをわかっていながら、それをしないのは臆病者である、というような意味だ。

「偉かったです。本当によく頑張りました。すごい勇気です」

佐菜の言葉をきいて専太郎の顔が輝いた。

「おばあさまに教えてもらったのですけれど、鯛が特別な魚なのは、自分の中に鯛の鯛を持っているからだそうです。鯛の鯛というのを知っていますか。鯛の体の中にある鯛の形をした小さな骨のことです。その鯛の鯛があるから、そぼろになっても、汁になっても、鯛はおいしくて立派で、魚の王様なんです。人間にも鯛の鯛があります。専太郎さんの鯛の鯛は大鼓の家に生まれたことです。その誇りを専太郎さんは守りました」

佐菜はおばあさまだったらこう言うだろうと思うことを言った。専太郎は大きくうなずく。

「それは本当に尊くて、立派なことです」

言ってから佐菜は目の前の専太郎の姿を改めて見た。手足は細く、力も弱い。自分の言ったことが急に心配になった。しかも相手は五人でほとんどが年上だ。

「でも、もう、喧嘩はしないほうがいいと思います。怪我をしたらつまらないから」

「だって、向こうがぶってくるんですよ」

専太郎は口をとがらせた。

「……悔しくても我慢して、関わらないことにしたらどうですか」

「それはできません。いっしょにお稽古をしているから」

その通りだ。無視できるのなら苦労はない。

「でも専太郎さん、昔から、逃げるが勝ちと言います。ほかの子につかまらないように、すぐに帰って来るのです」

専太郎は不服そうだ。

鯛の鯛の話はどこに行ったのだ。

『義を見て為ざるは、勇なきなり』はどうなったのだ。

さっきの話と全然違うではないか。

佐菜は自分が少し情けなかった。

おかねの店に戻って仕事をしていると、留吉がやって来た。

「お食い初めの料理の話なんだけどね、申し訳ないけれど、やっぱり、ふつうの尾頭付きの鯛の焼き物でお願いできないかなぁ。じつは、板橋からお袋が来てね、それでなきゃだめだって言うんだよ」

困った顔をして言った。

「私の方はかまいませんけれど……」

お浜は納得しているのだろうか。

「とにかく、これからうちに来てもらえないだろうか」

懇願されて長屋に行った。

「けぇったよ」

　留吉ががらりと戸を開けると、お浜と目があった。暗い顔をしていた。隣には留吉の母親の姿がある。粂《くめ》という名の五十がらみのやせた女で、腕に喜助を抱いている。部屋の隅には大きな二つの風呂敷包みがあった。しばらくここに居るつもりらしい。

　とろけそうな顔で喜助をあやしていたが、佐菜を見ると目つきが変わった。

「ずいぶん、若い人が来たんだねぇ。仕出しを頼んだほうがよかったんじゃないのかい」

　佐菜はびっくりして思わず挨拶の言葉をのみこんだ。

「この人は佐菜さんと言って親方の紹介なんだ。親方に明石の蛸飯をつくった。しかも江戸芳っていう料理屋の板前と競ったんだ。すごい腕前なんだよ」

　留吉が言う。粂は小さく鼻をならした。

「そうかい。そりゃあ、失礼したね。ねぇ、だけどさ、お食い初めに鱚の料理ってぇのはどういう了見だよ。そんなことをしたら、物知らずだって世間の笑い物になっちまうよ。お食い初めは昔っから、赤飯に尾頭付きの鯛、煮物に吸い物だろ」

早口でまくしたてる。なぜ鱈なのか話すつもりだった佐菜だが、強い調子に驚いて言葉が出ない。

「そのことは分かっているけどさ、だけど、息子の名前が喜助だから、鱈も面白いなって話をしたんだよ」

留吉が穏やかに言う。

「鱈は……字もめでたいし、将軍さまも召し上がる魚ですから……」

佐菜もようやく話に加わった。

「長屋住まいで、なあにが将軍さまだよ。こっぱずかしいってのは、このことだね」

鼻で笑われて、佐菜は頬を染め、口をつぐんでしまった。

「やっぱりねぇ。こういう時は年寄りの出番なんだよ。よかったよ、板橋から出て来てさ、あんたたちだけじゃ、喜助が笑われるところだった」

条は歯の抜けた口を大きく開けて笑った。

佐菜はすごすごとおかねの店に戻った。店にはお民と権蔵が来ていた。

「今、あんたの話をしていたんだよ。鱈のちらしずしは取りやめになっちまったんだって」

お民がたずねた。魚屋の女房が鱚を鯛に替えたいきさつを、面白おかしくお民にしゃべったのだ。

「そうなんです。板橋からお姑さんがいらして、やはり決まりのものがいいとおっしゃって」

「佐菜ちゃん、あんた、どうして鱚のちらしずしになったか、ちゃんと順序だてて説明したのかい」

おかねが少し厳しい顔になる。

「いえ、あの、けど……」

「けどじゃだめなんだよ。それがあんたの仕事なんだ」

そうしたかったんですけど、お姑さんが強い調子で言うから、つい。

佐菜は口の中でもごもごと言い訳をする。

「しかしさぁ、そのお袋さんはなんだって、急に息子のところに来たんだよ。お食い初めのお祝いにしちゃ、ちょいと早いじゃないか。まだ十日はあるんだろ」

おかねがたずねる。

「そのことは聞きませんでしたけど、大きな荷物がありましたから、しばらく泊まるようです」

「そのお袋さんってのはさ、なんでも自分が中心でなきゃ気がすまない人なんだよ。あれこれ理屈をつけているけどさ、要は息子夫婦が決めてしまったのが気に入らないんだ。私はここにいますって言いたいんだ。これからも、あれこれ言うよ。ああ、大変だ」

お民が大げさに顔をしかめた。

「まぁ、そう言いなさんな。息子は留吉っていうくらいだから、末っ子なんだろ。お袋さんにとっちゃ、特別かわいいんだよ。孫もかわいい、息子もかわいいで、来ちゃったんだよ。そんで、お袋があれこれ言い出したから、仕方ない、顔を立ててやりたいって思っている。親孝行な息子だよ。これから長いつきあいになるんだ、今回はちょいと譲ってやるのもいいんじゃないのかい」

権蔵は芋の煮転がしを口に運ぶ。

「あのね、そんな風に亭主が、なぁなぁで収めようとするのが、一番腹が立つんだよ。なんで、いつもそうやって逃げを打つんだろうね」

「あ、いや、逃げを打っているわけじゃないよ。亭主としては姑と嫁は仲良くしてもらいたいんだ。だから、まぁ、今回は目をつぶってくれよってことでさぁ。

一軒の家でいがみあうのは嫌だもんなぁ。なぁ、佐菜ちゃんもそう思うだろ」

突然、話をふられて佐菜は困った顔になった。おかねが真剣な様子になった。

「嫁さんも言いにくいだろうけど、嫌なことは嫌ってはっきり言わないとだめだよ。長いつきあいになるんだから。我慢するのと、受け入れるのは違うからね。自分がここで我慢すれば、丸く収まるんだなんて譲っていると、結局、自分が苦しくなるんだ。嫁と姑はもともと相いれないものがあるんだよ。たとえ自分が悪者になっても、自分の気持ちを伝えないと。そうじゃないと、本当に闘わなきゃならないときに闘えなくなる」

「お舅《しゅうと》さんやお姑さんと闘うんですか」

佐菜は驚いて聞き返した。

「そういうこともある」

おかねはきっぱりと言った。

「そうだね。あんたは闘った」

お民がうなずいた。

「ああ、そうだったね」

権蔵も続ける。

「いや、亭主が死んだときの話だよ。あたしは正吉を自分で育てるつもりだったけど、舅と姑が正吉を引き取るって言い出した。姑にはお前にそんな力があるのか、なにをして食っていくんだって。ほかにも、ずいぶん、ひどいことを言われたよ。だけど、あたしが最後まで譲らなかったから、結局、向こうが折れた。あのときのやり取りがあったから、あたしはなにがあっても、正吉をしっかりと育てなきゃって思うんだよ」

おかねは照れたように笑った。

佐菜はおかねという女のたくましさ、強さの秘密に触れた気がした。おかねの鯛の鯛は正吉に違いない。

「あんたは、年上の言うことには従いなさい、愛想よくして周りの人にかわいがられなさいって教わってきたんだろ。分かるよ。素直ないい娘だもの。だけどさ、譲れないことは譲れないんだよ。いい娘、いい嫁でなくたっていいじゃないか」

おかねは真面目な顔で佐菜に言った。

「そうだねぇ。そのうちあんたも分かるよ。わがままだの、なんだのって言われても、自分を通さなきゃならないことがあるってことがさ」

お民が続ける。

「ひゃあ、はは。女房殿は怖いねぇ」

権蔵はおどけてみせた。

翌日、あらためて佐菜は尾頭付きの鯛の塩焼き、里芋の煮物、えびのすまし汁、かぶの漬物、赤飯という料理を絵に描いて持って行った。もちろん、おばあさまから聞いたいわれも書き込んである。

「ああ、これならいいよ。お食い初めはこうでなくっちゃ」

喜助を抱いた粂は満足そうだ。反対にお浜は沈んだ様子で口をはさまない。

部屋は前よりも狭く感じた。

当たり前だ。四畳半に布団がもう一組増え、粂の風呂敷包みもある。台所のかごには野菜がたくさん入っていた。粂は台所も仕切っているのだろうか。

お食い初めまでまだ十日近くある。それまで、ずっといるつもりだろうか。

佐菜は市松のお食い初めの日を思い出していた。

三年前、日本橋の三益屋の座敷に用意された膳には、この日と同じく赤飯と尾頭付きの鯛、えびとかぶの汁などがのっていた。お鹿の腕の中で市松はよく笑った。丸々と太って元気そうだった。

膳を囲んだのは、父とお鹿、市松、おばあさま、佐菜の五人。

父が鯛を市松の口元に持って行き、食べさせる真似をすると、不思議そうにじっと白身魚を見つめ、次の瞬間、「うーん」とうなってそっくり返った。その様子がかわいらしくて、みんなで笑った。

市松が眠ってしまったのでお鹿が奥の部屋に連れて行った。そのままお鹿が戻って来なかったので、三人で食事をとった。

お鹿がいつまで経っても戻って来ないことが、佐菜は気になった。失礼なことをしなかったか。気に障るようなことを言ってしまったのではないか。ひとりでくよくよと考えた。けれど、父もおばあさまもいつもと変りない様子だった。

あの時は分からなかったが、すでにおばあさまとお鹿の間は相当ぎくしゃくしていた。どちらが言い出したのか分からないが、お食い初めの祝いは型どおりに行った。けれど、そのわずかな間でさえ、二人はいっしょにいることができなくなっていたのだ。

数日が過ぎた。

専太郎は相変わらず食が進まない。

膳を下げて廊下に出ると、専太郎の母親の千鶴がいた。どうやら、佐菜を待っていたようだった。

「専太郎はたくさん食べてくれましたか」

「いえ、あまり……」

千鶴はすばやく膳の上に目をやり、落胆したようにため息をついた。細面の美しい顔に陰ができた。

「……じつは昨日、早雲流の先生からご注意がありました。専太郎に熱意が見られないと言うのです。声も小さく、覇気が感じられない。お仲間の子供たちと親しもうとしない。……いつも一人でいるらしいのです」

佐菜は驚いて千鶴の顔を見た。

「あの子は私にはなにも話してはくれないのです。私をうるさがって、もうずっと一人の部屋で食べています。あなたが初めてなのですよ。食事のときに部屋にいることを許されたのは」

「そうなんですか……」

「ともかく、早雲流の先生からは、よく言って聞かせてもらいたいと伝えられました」

「……あの、やっぱり、ほかのお子さんといっしょにお稽古をしないといけないのでしょうか」

千鶴は悲しそうな顔でうなずいた。

「そのつもりです。あの子もいつかは部屋を出て行かなくてはならないのです。男の子は揉まれて育つのだから、……女親は余計な口出しをしてはならないのです」

そう言ったのは名人か、専太郎の父親か。

たとえば正吉なら、先輩たちから少々荒っぽい歓迎の仕方をされても平気に違いない。そうした小競り合いを経て友情を育むかもしれない。

けれど、専太郎はどうだろう。

子供は時に残酷なものだ。

一方的にいじめられてしまわないだろうか。

「あの……、専太郎さんの腕に痣《あざ》ができていたことはご存知でしょうか」

「まぁ。腕に……」

千鶴は小さな悲鳴をあげた。

「……ほかの子が謡の言葉を面白おかしくしゃべったので、止めるように言って争いになったそうです」

「そのとき、痣をつけられたのですか」

「はい……。その話を聞いて、私は逃げるが勝ちだと言いました。……だから、専太郎さんはほかの子供たちから離れてしまったのかも……。それで先生が熱意がないと……。申し訳ありません。私が余計なことを言いました」

佐菜は頭を下げた。

「いえ……、教えてくださって、ありがとうございます」

千鶴は悲しそうな顔で礼を伝えた。


佐菜は暗い気持ちで神田明神への道を歩いている。

ほかの子と関わらないほうがいいなどと言ったのは、完全に失敗だった。おばあさまだったら、なんと伝えただろう。『義を見て為ざるは、勇なきなり』だから、負けるとわかっていても向かって行けと勧めたか。

それこそ『言うは易く行うは難し』だ。向かって行ったら今度は痣ではすまないかもしれない。

大事な指を怪我したら、取り返しがつかないではないか。

あれこれ考えながら歩いていると、道の先にお浜の姿があった。道端の石に腰かけ、背を丸め、足元を見つめている。

「お浜さん」

声をかけると、お浜はびくっとした。顔をあげ、あわてたように袂《たもと》で目元をふいた。

「ごめんなさい。なんだか急に悲しくなっちまって」

「……お姑さんに気を遣いますよね」

「今まで、留吉さんとふたりでのんきにやって来たから、よけい辛く感じるんだろうけど」

ほろりと涙がこぼれた。佐菜は思わず言った。

「胸にためていると、苦しいです」

お浜は佐菜の顔を見た。

「こんなことを言ったら、お姑さんに申し訳ないけど」

「いえ、ここだけの話です。私も忘れますから」

「でも……」

「いいお嫁さんは、ちょっとだけ休みましょう」

おかねに言われたことを思い出して伝える。

うながされてお浜は小さくうなずいた。

「お姑さんは喜助をずっと抱っこしていて、あたしに触らせてくれないんだ。お乳をのませるときと襁褓《おしめ》を替える時だけ返してくれるけど、その間もじっと見ている」

「じゃあ、今も……」

「買い物に行きなと言われて……。お姑さんは六人も子供を育ててきた人なんだ。だから、言う通りにすればいいんだって、襁褓の畳み方や掃除の仕方もあれこれ指図して……、その上、汗疹《あせも》ができているのは、ちゃんと見てやってないからだとか、首の座りが遅いんじゃないかとか、いろいろ。……それから……」

一度しゃべりだすと、お浜の言葉は止まらなくなっていた。

「長屋のおかみさんたちに、あたしの昔のことをあれこれ探るように聞いたり、気が利かないと触れ回ったり……」

佐菜はうん、うんとうなずく。

「気になって、頼まれていた下縫いの仕事もはかどらないから、こんなに納期が遅れるならもう仕事を回してやれないと言われちまった」

「……それは……」

困る。とても困る。

「ねぇ、こんなことを言ったら、本当に悪い嫁なんだけどさ……、もう、あたし、お姑さんの顔を見るのが嫌なんだ。いっしょにいると息苦しくなってしまう。留吉さんはお姑さんはお食い初めが終わったら帰るからって言うけどね。……ねぇ、でも、お食い初めのお祝いなら二日前に来ればいいんだよ。どうして、十日も前から居座るんだ」

お浜は大粒の涙をぽろぽろとこぼした。

「ねぇお浜さん、お姑さんが帰ったら、もう一度、お食い初めをしませんか。留吉さんとお浜さんと喜助ちゃんの三人で。私は鱚のちらしずしをつくります。ね、そうしましょうよ。型どおりでなくったっていいんですよ。お父さんとお母さんがお子さんのために祝うのが、お食い初めなんですから」

お浜は静かに首を横にふった。

「ありがとう。でも、いいよ。祝いは二度するもんじゃない」

「……そうですよね、すみません、余計なことを言いました」

佐菜は肩を落とした。

『下手の考え休むに似たり』

これはことわざですらない。囲碁や将棋で長考する相手を揶揄《やゆ》する言葉だ。

「ありがとうね。話を聞いてもらってすっきりしたよ。明後日《あさって》のお食い初めをよろしく頼むよ」

お浜は立ち上がった。

このままではいけないと思った。

粂はただ孫がかわいいという気持ちだけで動いている。お浜の気持ちを思いやろうともしない。

佐菜は精一杯の勇気をふりしぼって言った。

「あの、私はふだんはおかねさんという人の煮売り屋さんで働いています。おかねさんはご亭主を事故で亡くして、今は、六歳の男の子を一人で育てています。そのおかねさんが私に言いました」

――嫌なことは嫌ってはっきり言わないとだめだよ。……我慢するのと、受け入れるのは違うからね。自分がここで我慢すれば、丸く収まるんだなんて譲っていると、結局、自分が苦しくなるんだ。

「おかねさんはご亭主が亡くなって、お舅さん、お姑さんに息子を取られそうになったとき、闘ったんだそうです。私は、今まで、目上の人に逆らってはいけないと教わって来ました。みんなで仲良くするのが、一番大事だと教わりました。でも、それも時と場合によりけりなんです。言いたいことがあったら、守りたいものがあったら闘わなくちゃいけないんです」

お浜は驚いた顔になった。

次の瞬間、顔を真っ赤にして怒鳴った。

「そんなの分かっているよ。それができたら、苦労はないよ」

駆け出していった。

佐菜は呆然とその後ろ姿を見送った。

言いたいことが言えないのは佐菜も同じだ。

佐菜は以前生け花の稽古に通っていた。若先生と呼ばれている二十五歳になる息子がいて、多くの娘たちは若先生に憧れていた。あるとき、佐菜と仲の良かった琴《こと》という娘が若先生と歩いていたという噂が立った。それは根も葉もないことだったけれど、それを境に娘たちは琴と口をきかなくなった。

結局、琴は稽古を辞めてしまった。

佐菜が琴の味方をして噂をきちんと否定したら、琴は稽古を辞めなくてもすんだかもしれない。けれど、佐菜は言えなかった。ちゃんと説明できなかったし、ほかの娘たちとぶつかることも怖かった。

たとえだれかとぶつかることがあっても、言わなければいけないことは、言うべきだ。行動に移すべきだった。

おかねは言えた人だ。正吉のために行動した。

佐菜は気づいた。

もしかしたらお鹿も、その一人だったかもしれない。

気づくと足は八十吉のいる近江屋に向かっていた。

日本橋の大通りを歩いていると、遠くに白い蔵造りの堂々とした美しい建物が見えた。以前三益屋だった店は、今、近江屋に変わっている。丸に白く「近」と染め抜いた藍ののれんが見えた。

勝手口に回り、出て来た若い女中に、知り合いのものだが番頭の八十吉に会えないかとたずねた。

しばらく待っていると、八十吉が出て来た。

「おや、佐菜さま。一体、今日はどうなさったんですか」

八十吉は驚いた顔になった。

「お店の忙しい時にごめんなさい。じつは、少し聞きたいことがありまして」

佐菜は神田明神の参道でお鹿と市松らしい姿を見かけたことを話した。

「お鹿さんと市松の消息を知らないでしょうか」

八十吉は急いで佐菜を店の裏手の建物の脇に案内した。

「今日、佐菜さまがここにいらしたことは、大おかみはご存知でしょうか」

「いいえ。おばあさまは知りません。……お鹿かあさんにはよくしてもらいましたし、市松は弟です。……できれば会いたいと思います」

八十吉は困った顔になった。

「大おかみが聞いたらいい顔はなさいませんよ」

「かまいません。私は私ですから」

佐菜は自分でも驚くほどきっぱりと言った。八十吉は驚いたように目をしばたたかせた。

「おばあさまは、お鹿かあさんは三益屋を捨てて出て行ったと言います。……でも、お鹿かあさんは三益屋を捨てるような人じゃあ、ありません。出て行ったのは、お鹿かあさんなりの考えがあって、それしかないと思ったからではないかと」

本当のことを聞かせてほしい。そういう思いで、佐菜はまっすぐ八十吉の目を見つめた。

八十吉は小さくうなずいた。

「あれこれと苦労されて、佐菜さまも大人になったんですね。……でも、残念ながら、私はお鹿さまと市松さまの行方を存じません。本当に姿を消してしまわれたのです。一部の者が噂をしているような……、つまり三益屋の金子《きんす》を持ちだしたということもありません」

当たり前だ。お鹿が金を持ち逃げするようなことがあるはずはない。

佐菜は大きくうなずいた。

「あのころ、三益屋に悪意を持つ者から何度も投げ文がありました。最初はもうこの店も長くはないとか、今までの恨みを晴らしてやるとか、そういうことでした。旦那さまが亡くなってから、三益屋の商いはますます厳しくなって……、外の人にもそれが分かってしまいました。ですから、その文はいわゆる嫌がらせの類だと思っていました。……でも、だんだんと詳細になり、どこからか私たちを見ているのではないかと思うような文面になりました」

「三益屋は誰かに恨みを持たれていたということですか」

「おそらく。……でも、旦那さまが非情なことをしたわけではないのですよ。ただ、古い家にはありがちなことなのです。……あるとき、市松さまをさらってやるという文が来ました。お鹿さまも私も震えあがりました。向こうもそれが分かったのでしょうね。それからは、市松さまの手足を折ってやる。水に投げ込む、火をつけるといった風に変わりました。……とうとうある日、決定的なことが起こりました。市松さまの姿が見えなくなり、その後、物置の中で泣いているのが見つかったのです。お鹿さまはその晩、誰にも告げずに店を出ました。……私の知っていることは、これがすべてです」

八十吉は穏やかな目を佐菜に向けた。

「でも、三益屋はもうなくなりました。恨みも消えたことでしょう。大丈夫、お鹿さま、市松さまに会える日が来ますよ。ご安心なさい」

佐菜はこくりとうなずいた。

3

専太郎の額にこぶが出来ていた。頬にも腕にも擦り傷がある。

「どうしたんですか」

朝餉の膳を運んでいった佐菜は驚いてたずねた。

「竹登りを知っていますか。太い竹を何本も立てて、みんなでいっせいに登るのです。私は身が軽いので一番になりました」

得意そうな顔になる。

「そうしたら、勘太郎が――ほら、以前、私を笑ったものです――その子が『エテ公』と叫んで私を馬鹿にしました」

猿の意味だ。

「悔しかったので『河童の勘太郎』と言い返したら、勘太郎のやつが向かって来ました。つかみかかって来たので、こっちも負けずに勘太郎の腕をつかみました。地面に転がって、馬乗りになってぽかぽかげんこつで殴ったら、勘太郎のやつ、めそめそ泣いたんですよ。自分でもそんなことが出来るとは思っていなかったので、びっくりしました」

得意そうな顔になった。

「そうですか。そんなことがあったんですか」

「もう、私のことをエテ公なんて呼ぶ子供はいません。私も、くだらないちょっかいを出されないので安心です」

佐菜はあらためて専太郎の顔を見つめた。

相変わらず顎はとがって、色は白い。それでも、どこか顔つきが逞しくなった気がする。

「こぶだけで済んでよかったですね」

「その話をしたらお母さまは卒倒しそうになりました。お父さまは笑っていました」

「大事な右手を怪我したら大変ですよ」

「大鼓は魂で打つのだから少々怪我をしても大丈夫だと、おじいさまに言われました」

名人はそんなことを言ったのか。

その日、専太郎はご飯も煮物も汁もよく食べた。一生懸命食べたと言っていい。

「以前、私は逃げるが勝ち、などと間違ったことを言いました。申し訳なかったです」

佐菜は謝った。

「そんなことはありません。鯛の鯛の話は、よいことを聞いたとおじいさまも喜んでいました」

それは、おばあさまの受け売りだ。

「逃げるが勝ちも悪くないと言っていました」

「そうですか」

名人はやさしい。

「それから……」

専太郎はひどくまじめな顔になった。

「その前に嫌なことは、嫌だと言いなさいと言われました。ちゃんと言葉に出して、はっきりと相手に伝えなさい。そうすれば、喧嘩をしないですむと」

佐菜はあらためて専太郎の顔を見た。強い目をしていた。

そうか。この子は乗り越えたのだ。

「専太郎さん、ありがとうございます。私もそうします」

専太郎の目を見返した。

お食い初めの日が来た。早朝、佐菜が留吉とお浜の長屋に着くと、お浜は忙しそうに畳を拭いていた。留吉は紋付の羽織袴で粂も留袖だ。二人とも髪を整え、粂は腕にしっかりと喜助を抱いている。

姉さんかぶりで、いつもの縞の木綿の着物で働いているのは、お浜ひとりだ。

佐菜はもち米を洗い、ささげをゆで、かぶの浅漬けを仕込み、里芋を煮る。

「どんな具合かねぇ。なかなか手際がよさそうじゃないか」

粂はときどきやって来て、味見をしては味が濃いの、薄いのと文句を言った。

そのうちに留吉と粂はお浜を残して外に出かけて行った。

「そろそろ赤飯も炊き上がります。そうしたら鯛を焼き始めますから、今のうちに着替えてください」

「いいよ。あたしはこのまんまで」

「いいんですか。喜助ちゃんのお祝いですよ」

佐菜が言うと、お浜は困ったように笑った。

「だって持ってないんだよ」

そのとき、がらりと戸が開いて隣の部屋の魚の棒手振りの女房が顔を出した。

「なんだよ。姑は昨日から風呂で磨いて髪結いに行ったのに、あんたは髪振り乱して掃除かい。しょうがないねぇ。うちにおいで。髪、直してやるから」

向かいから畳職人の女房が出て来て、お浜にたずねた。

「あんた、正月に着てた晴れ着があったじゃないか」

「あれは派手過ぎるってお姑さんが。それに冬のものだし」

「そんなのいちいち聞かなくていいんだよ。ああ、そうですかって返事して、さらっと着ちまえばいいんだ。これからたっぷり、二人で女房の心得を教えてやるから、覚悟しな。……ああ、それから、あんただ」

畳職人の女房がいきなり佐菜の方を振り返った。

「あんたはだれに仕事を頼まれたんだい」

「はい。……留吉さんとお浜さんに」

「そうだろう。だったらお浜のことをもっと考えてやってもいいんじゃないのかい」

ぐいとにらむ。

「えっと……」

「お浜はね、鰭のすしがいいって言ってたんだよ」

棒手振りの女房が強い調子で言う。

「え、でも、あの……」

「まったく歯がゆいったらないよ。そろそろ、うちの亭主が鱚を持って帰ってくるから、ちゃちゃっとつくりな。それぐらい、すぐにできるだろ」

佐菜は汁を仕上げ、鯛を焼く。新たに米を炊きはじめると、隣から開いた鱚が届いた。あわてて酢でしめる。

膳を調えていると糸が、続いて留吉が戻って来た。

「そろそろ準備ができたころかい。おや、お浜はどこに行ったんだい」

「ちょっとそこまで。今、戻って来ると思います」

佐菜は手を休めず答えた。

鯛が焼きあがった。外はぱりっと、身はあくまで白く、しっとりとやわらかく。米もそろそろ炊き上がる。勝手に手が動いてすし飯にする。錦糸卵やかんぴょうは間に合わないが、かまどの脇のかごに青菜と白ごまがあった。これでなんとか形になる。

「そろそろいいかい。さすがに腹が空いたよ。ねぇ。喜助もそうだよねぇ」

いつの間にか上座に座った糸が言う。下座に座るのは留吉である。

佐菜は壁をたたいて言う。

「こちらの準備はすみました。お浜さんの方はいかがですか」

「それじゃ、今から行くから」

壁越しに返事があった。

戸が開いて、お浜が入って来た。

黒繻子《くろじゅす》の襟をつけた薄紫の着物に更紗《さらさ》風の帯をしめている。髪もきれいに鬢付け油で整え、紅を差している。

ふっくらとした頬が上気してお浜は初々しく、かわいらしかった。

「やあ、きれいだよ」

留吉の顔がぱっと輝いた。

「なんだよ。色気づいて気持ち悪い」

粂が顔をしかめた。

その途端、お浜の表情が変わった。背筋をくいと伸ばし、はっきりと大きな声で言った。

「お姑さん、お食い初めを仕切るのは父親だ。悪いけど、上座は留吉さんに譲ってもらいたい。決まり事を大事にしたいと言ったのはお姑さんだからね」

粂は一瞬、すごい顔でお浜をにらんだが、席を変わる。

「喜助も、留吉さんに渡してくれ」

お浜が追い打ちをかけると、粂は渋々喜助を渡した。お浜は粂の隣に座ると、この家の女房の顔で言った。

「じゃ、お膳を頼むね」

「分かりました」

佐菜は膳を運んだ。汁をよそい、持って行く。

留吉は短い挨拶をし、腕の中の喜助に食べさせる真似をした。

「このあとに二の膳が続きます」

佐菜が言うと、粂と留吉だけでなく、お浜も驚いた様子になった。佐菜が鱚と青菜のちらしずしを運ぶと、お浜の顔がぱっと輝いた。

「勝手ですが、喜助ちゃんのお祝いにこちらもご用意させていただきました」

佐菜は言った。事情を飲み込んだ留吉が膝を打つ。

「ああ、うれしいね。ほら、喜助。お前のための鱚のすしだよ。みんなに喜んでもらってうれしいねぇ。丈夫に育つんだよ」

「なんだよ。そんな話は聞いてないよ。なんだって勝手なことをするんだよ」

声を荒らげた粂に留吉がおだやかな声をかけた。

「かあちゃん。今日は喜助の祝いだよ。そんな怖い顔をすることはないだろう。せっかくのめでたい日が台無しだよ」

粂ははっとしたように口を閉じた。

留吉は表情を変えると、座り直し粂に正面から告げた。

「俺は喜助がかわいい。その喜助を産んでくれたお浜も大事だ。お浜が俺のところに嫁に来てくれて本当に良かったと思っている。これから俺が守っていかなくちゃなんねぇのは、この二人なんだよ」

お浜は耳まで赤くなってうつむいた。その様子を粂は悔しそうに眺めている。

「かあちゃんがわざわざ喜助の祝いに来てくれてうれしかったよ。だけど、かあちゃんが来てからお浜は笑わなくなった。俺はお浜が笑っているのを見るのが好きなんだ。分かっているよね。かあちゃんのいる場所はここじゃなくて、兄貴のところだ。兄貴もきっと心配しているよ。なにがあったか知らねぇけど、もう、そろそろ帰った方がいいんじゃねぇのかい」

粂はうつむいた。今までの勢いはどこに行ったのかと思うほど、しゅんとして小さくなっていた。

鱈と青菜のちらしずしを土産にもらって家路についた。おばあさまと二人の夕餉になった。

「どうしたのかと思っていましたけれど、上手にできましたね」

ゆっくりと味わいながらおばあさまは言った。満足そうな顔をしている。

「はい。よその台所でも家と同じように働けるようになりました」

「自信がつきましたね。それはよいことです」

「おばあさま、佐菜は今までおばあさまや竹に頼ってばかりでした。これからはもう少し、自分のことは、自分で決められるようになりたいです」

「おやおや」

おばあさまは笑う。

「おばあさまに盾突くこともあるかと思います」

「覚悟しておきましょう。わたくしも負けませんから」

おばあさまは自信たっぷりにうなずいた。

五話　昔の夢追う鮎《あゆ》の味噌焼き

1

おかねの店の仕事を終えて佐菜が家に戻ると、うす暗い部屋でおばあさまが取り込んだ洗濯物を前にぼんやりと座っていた。

「ああ、佐菜ですか」

おばあさまは低い声で言った。

「どうしたんですか。明かりもつけずに。お疲れですか」

「いえね、ウンリンインのことを考えていたら、つい、ぼんやりしてしまって」

おばあさまは洗濯物に手をのばす。佐菜も座っていっしょにたたみはじめた。

「ウンリンインってなんですか」

「ナリヒラが出て来て、昔話をするんです。二条后《にじょうのきさき》と恋仲だったんです」

「ああ、お能の話ですね。たしか、雲林院は桜の美しい場所で、旅人が通りかかると、在原《ありわらの》業平の幽霊が現れて昔語りをするのですよね」

「佐菜、幽霊じゃありませんよ」

おばあさまが鋭い声を出した。眉根を寄せてこちらを見ている。

「四谷怪談じゃないんですから、幽霊なんか出て来ませんよ。あなたは、お能というものを全然分かっていませんね」

でも、死んでしまった人ですよね。言葉を飲み込む。

亡霊と言えばよかったのか。どちらでも同じことではないかと思うけれど。

「業平の体は消えてしまいましたが、思いは続いているんです。終わりじゃないのです。今も続いているんです。だから、見ているこちらの心もざわざわ、どきどきするんです」

佐菜はおばあさまの剣幕に驚いて黙った。

ふかふかの布団にくるまれたように気持ちがよくなって眠りに誘われるのがお能だと思っていたら、おばあさまはお能を見てざわざわ、どきどきするのか。

「終わった話じゃないんですよ」

おばあさまの声が震えている。驚いて顔を見ると、目が赤い。そっと涙をぬぐっていた。

「……ということがあったんです。このごろ、おばあさまは、少し変なんですよ。疲れているのでしょうか」

おかねの店で佐菜が言うと、お民が大真面目な顔で言った。

「そりゃあ、気をつけた方がいいよ。年寄りは、ときどき気持ちが落ち込むことがあるんだ。すぐに機嫌を直すのだったらいいけど、続くようならあたしたちに相談しな」

「そうだな。布団屋のばあさんも元気のいい人だったけど、急に湿っぽい話をするようになったと思ったら、半年後にはぽっくりだ」

芋の煮転がしに内藤唐辛子をふりながら権蔵も言った。

「ちょいと、縁起でもないこと、お言いでないよ。大丈夫だよ。佐菜のおばあさんはそれとは違うよ」

こんにゃくの鍋をゆすりながら、おかねがたしなめる。

「でもさ、こっちに来て半年か。疲れがでるころではあるよ」

お民が言う。

「そうですよね。無我夢中で毎日を過ごしていたけれど、それなりに落ち着いて来ましたから」

「そうだよ、そうだよ」

お民があんたも、よく頑張ったよという顔になる。

「立ち入ったことを聞くけどさ、あんたんところは財布はどうしているんだよ。あんたがもらった金は、そのままおばあさんに渡しているのかい」

おかねがたずねた。

「はい。おばあさまが帳面につけています。お金が必要なときは、そこからいただいています。少しずつですけれど増えています」

「なあるほど。それもあるな」

「ああ、そうだな」

「うん、それもある」

おかねとお民、権蔵は顔を見合わせてうなずく。

「どういうことですか」

「だからさ、あんたの、そのなんだ、おでかけ料理人か……よその家で料理をつくる仕事が波にのってきた。生き生きしている。金も入るから、自信もついてきた。以前の、おばあさんに頼るだけのお嬢ちゃんじゃなくなった。それはうれしいことだけれど、なんとはなしに淋しさもある」

お民が言う。

「張り切って始めた手習い所はうまくいかねぇ、体も以前のようには動かない」

と権蔵。

「ああ、私はもう、無用のひとかしら。昔のことばかり思い出されて悲しくなってしまう。落ち込むんだ」とおかね。

三人はうなずきあう。

佐菜はびっくりしてたずねた。

「じゃあ、どうしたらいいんですか」

「もっと、ばあさんを立てるんだな。こういうときは、どうしたらいいでしょうか、私は物知らずなので教えてくださいと知恵を借りる」

「それは今もやっています。おばあさまは本当に物識りなので、頼りにしているんです」

「家のことをしてもらうんだね。料理は佐菜ちゃんがしているんだろ。だったら掃除に洗濯……」

「それもお願いしています」

「うーん。そうか、そうなのか。困ったねぇ」

三人は腕を組んで考えてしまった。

「いっそ、その、おでかけ料理をさ、本格的に始めますとか言ってさ、ばあさんをおかみにするんだ。あんたは、その下で働く料理人」

権蔵が知恵を出す。

「ああ、それがいいよ。うちも亭主が当主で、あれこれあたしたちに指図するけど、自分じゃたまに番台にあがるだけで、のんきなもんだよ。だけど、みんなに旦那さん、旦那さんって呼ばれて威張っている」とお民。

「まずは看板だね。看板を出したらいいんだよ。これから、本格的に始めますって言ってさ」

おかねが膝を打つ。

「帰ったら相談しなよ。看板を出すについては、おばあさんにぜひとも、当主となっていただきたくとか言ってさ」とお民。

「看板なら、安くつくってくれるところを知っているぜ」

権蔵が請け合う。

家に戻ってさっそくおばあさまにその話をした。

「そうですね。それはよい考えです。わたくしが当主になるかどうかはともかく、看板を出せば、みなさんにも知っていただけるし、あなたの覚悟も決まります。それで、屋号はどうするのですか」

「たとえば、出張料理とか」

「堅苦しいですよ。そんな立派な料理をつくるわけじゃないんですから。そうですね、たとえば……、おでかけ料理処とか……」

「分かりやすいです」

「では、決めましょう。『おでかけ料理　佐菜』です。悪くないでしょう」

おばあさまは明るい顔で言った。

三日後、おでかけ料理の注文が来た。

いかにも職人という出で立ちの肩幅の広い、しっかりとした体つきの男だった。五十をとっくに過ぎていて鬢のあたりが白い。黒々とした太い眉の下に、ぎょろりと大きな目玉があった。

「家に来て料理をつくってくれると聞いたが、ここのことかな。俺は染井《そめい》で植木屋をしている寅三郎《とらさぶろう》だ。大工の甚五郎の紹介で来た」

おかねの店の中をじろりと見回して言った。

「佐菜と申します。私が承ります。どのような料理をご所望でしょうか」

「囲炉裏で焼いた鮎だ。味噌を塗って焼いた鮎に山椒をふってね、昔、仲間の家で食べたんだ」

寅三郎が言った。

「そりゃあ、うまそうだな」

いつものように空き樽に座って暇をつぶしていた権蔵が思わずつぶやいた。

「そうなんだよ。絶品だね。山の冷たい大気に包まれて川の音が聞こえてね、味噌がちょいと焦げて鮎の身がほろりとしてさ。酒が進むんだ」

「あんたはいける口だね」

「はは。昔は一升酒だったけどね、今はもう、とてもそんなには飲めないよ」

がらがらとした張りのある笑い声だった。権蔵はおやという顔になった。

「もしかしてさ、あんた、万年青《おもと》の植寅《うえとら》の寅三郎さんかい」

「うむ」と寅三郎はうなずく。

「ああ、そうかぁ。いや、失礼しやした。うちはすぐそこに店を出している瀬戸物屋なんだ。うちの稼ぎ頭は、なんたって植木鉢だよ。万年青の寅三郎さんかぁ、それは、それは……。瀬戸物屋は足を向けて寝られねぇお人だ」

権蔵は大げさに騒いだ。

泰平の世に人々は植木を育て、愛でるようになった。それとともに広まったのが植木鉢だ。人気は白い磁器の瀬戸物に染め付け、色絵、また瑠璃釉《るりゆう》、形も鍔《つば》つき、脚つきと高価なものが次々と考案された。あさがおや福寿草といった草花はもちろん、梅や桜、藤などの植木、水をたたえた睡蓮鉢とさまざまに楽しむ。庭先におくだけでなく、家の中、ときには床の間で観賞した。

なかでも一年中、青々とした葉を茂らせる万年青は、縁起のいい植物として好まれた。日本の山野に自生する植物で、春に淡黄色の地味な花を咲かせ、秋には赤い実がなる。あさがおや菊のような派手さはないが、侘び寂びを感じさせる風情がある。徳川家康が江戸城へ入る際に、家臣が万年青を献上したとされることから、引っ越しや新築の祝いには欠かせない贈答品となった。もちろん、鉢には立派なものが使われる。

「俺は、あんたの『弥栄《いやさか》』を一度、浅草で見たことがあるよ。そりゃあ、見事なもんだった。葉の色は深い緑で白い鮮やかな斑《ふ》がはいる。万年青の葉はふつう外に向かって平らに開いていくもんだけど、弥栄は内側にふっくらと巻いていくんだ。ますます隆盛、これからも幸せって感じがするよ」

権蔵は目を輝かせた。

「はは。ありがたいねぇ。そんな風に言ってもらえると」

寅三郎は相好をくずした。

翌日、佐菜は上駒込《かみこまごめ》村染井の寅三郎の家をたずねた。

家々が立ち並んでいる神田界隈から染井に行くと、空がずいぶんと広い気がする。染井通りには植木屋が軒を連ねていて、低い垣根から庭が見えた。どの家の庭も立派だ。しかも手入れが行き届いている。形のいい松の根元に桔梗、灯籠を配した池には睡蓮が咲いていて、風が草や花の香りを運んで来た。

寅三郎の家の入口はがっしりとした門扉があり、案内を乞うと、若い男が来て開けてくれた。

「最近はいろいろと物騒でね、しかたなく昼も門を閉じているんだよ」

男は弟子で、住み込みで働きながら万年青の栽培を学んでいるのだと言った。

門から玄関までのわずかな道筋にもずらりと万年青の鉢が並んでいた。緑一色、白い筋入り、ほとんど白で緑の斑が入ったもの。葉の大きさも大小あり、ねじれたり、丸まったりしていた。

「……これ、全部万年青なんですか」

「驚いたでしょう。接《つ》ぎ木をしたり、交配させたり、いろいろするからね。偶然にいいものが出ることもあるけど、本当にいいものをつくろうと思ったら、これぐらいの数はいるんだよ」

前を歩く案内の男は佐菜にあれこれと講釈した。

家は茅葺《かやぶき》の田舎家のような造りになっていた。入り口を入ると広い土間で、奥に二畳ほどの広さの勝手があり、かまどと調理台、脇には食器を入れる水屋簞笥がある。戸を開けて外に出ると井戸もあった。

板の間にあがると囲炉裏が切ってある。囲炉裏には火が入っていて、魚の形の板をつけた自在鉤《じざいかぎ》にかけた鍋が湯気をあげていた。

囲炉裏端で待っていると、寅三郎が出て来た。

大股でのしのしと歩き、佐菜と向かい合うようにどっかりと座った。

「遠いところ、ご苦労だったな。ここで鮎の味噌焼きをつくってほしいんだ。勝

れおく。

手は土間のところにある」

内弟子がすかさず盆にのせた湯飲みを運んで来た。佐菜と寅三郎の脇にそれぞ

寅三郎はぐびりと飲んだ。佐菜も湯飲みを手にした。白湯《さゆ》だった。

「鮎の味噌焼きのほかには、どのようなものをご希望ですか」

「酒の肴だから漬物と、ちょっとなにかあればいい。あとは白飯。大事なのは鮎だ。鮎は俺が青梅《おうめ》から取り寄せる。青梅は、俺の古い友達のふるさとでね。味噌焼きもそいつの家で食べたんだ。あんた、青梅ってどこにあるか知っているか」

「……多摩川の上流ですか」

「うん、そうだ。山の中で雪もたくさん降る。どれくらい雪がすごいかっていうと、雪女が出るくらいなんだ」

雪女は青梅に伝わる話だったのかと思いながら、佐菜は話をきく。

「老人と若者の二人の男が旅をしていた。雪が深くて進めなくなり、川の近くに小屋を見つけて一晩過ごすことにした。夜中、若者がふと目を覚ますと、雪女が来ていた。真っ白な着物で顔も手足も白い。ぞっとするほど、いい女なんだ。そいつが老人に息を吹きかけると、老人はたちまち凍ってしまった」

若者だけが助かって、何年か過ぎていっしょになった女がそのときの雪女だったという話だ。

「その深い雪が春になると融けて、冷たくてきれいな流れをつくるんだ。そこで鮎や岩魚《いわな》なんかの川魚がとれる。俺の友達は兵作《へいさく》っていう奴なんだけど、釣りが好きでね、鮎の季節になると誘ってくれた。俺たちはいつも、そいつの家で酒を飲みながら待っていたんだ」

寅三郎がぐいっと湯飲みを空けると、すかさず弟子が瓶《かめ》を持ってきて注いだ。それで、佐菜は寅三郎が飲んでいるのは酒だと気づいた。

「夕暮れになると涼しい風が吹いて、どうかすると肌寒いくらいなんだよ。ヒグラシがかなかなって鳴いてね、それを聞くと、なんだか、物悲しい気持ちになった。そのうちに兵作が戻って来て酒盛りだよ。鮎ってのはさ、瓜の匂いがするんだ。囲炉裏で味噌を塗って焼く。山椒をふってね。外側がパリッと焼けて、白い身はやわらかい」

渓谷で釣ったばかりの鮎を囲炉裏で焼いたのか。それは、おいしいに違いない。

「……そのときの味噌はどういうものなんですか」

「兵作のお袋がつくった麦味噌だ。あっちのほうは麦がとれるんだ。甘味があってね、香ばしいんだ」

「……その味噌は手に入りますか」

寅三郎の口がへの字になった。

「いや、それはできねぇんだ。兵作はもう、いないから」

それで頼みに来たのか。佐菜は了解した。

「つくってくれるか。金は調理の代金で三百文。ほかに、ここまでの足代と材料代。鮎はこちらで用意する」

ぎょろりとした大きな目が佐菜を見ている。

「……はい」

佐菜は答えた。

「うん、頼む」

寅三郎はうなずいた。

2

いつものようにおかねの店には権蔵とお民が来ている。

「それで、あんたんとこのおばあさんは元気になったのかい」

青菜の煮びたしを食べながら、お民がたずねた。

「それが、今でも時々、ぼんやりしたりするんです」

「そりゃあ、困ったねぇ。そうだ、例の看板はどうした」

「今、作らせているところだ。も、ちっと待ってろ」

権蔵が答える。

「もしかしたら、どっか痛いのかもしれないよ。持病があるんじゃないのかい」

おかねがたずねた。

「そういうことは聞いていませんけど」

「あの人は、あたしたちみたいに、あっちが痛い、こっちが痛いなんて騒がないよ。品がいいんだから。『転ばぬ先の杖ですから、気になることがあるのなら一度、お医者に診てもらったらどうですか』って聞いてみたらいいよ」

お民が親切に言ってくれる。

「はん。転ばぬ先の杖なんて言ったら、『わたくしを年寄り扱いしないでくださいませ』なんて怒られるよ」

権蔵が口真似をして、みんなが笑った。

しかし、言われてみればその通りだ。いつもと違うと思っても懐事情を考えると、つい医者に行く足が鈍る。そもそも元気が自慢のおばあさまだから、自分でも病気だとは考えたくないだろう。

「まぁ、大事にするにこしたことはねぇよ。若くはねぇんだからさぁ」

そう言いながら権蔵が懐からなにやら紙包みを取り出すと、芋の煮転がしに盛大にふりかけた。

「ちょっと、なんだよ、それ」

目ざとくおかねが見つけてたずねた。

「へへ、七味唐辛子だよ」

「宗旨替えかい。あんた、今まで内藤唐辛子一筋だったじゃないか。あれ、なんだよ、その緑色は」

皿をのぞきこんだお民が言った。

「気づいたかい。わさびだよ。神田明神の境内の屋台で売っているんだ。内藤唐辛子に、山椒とか陳皮《ちんぴ》とかあれこれ入っているけど、大事なのはこのわさびだ。鼻の奥から頭につんと抜ける」

「わさびか、めずらしいねぇ」

「そうだろ。こんな七味、ほかじゃ見たことはねぇ。あすこだけで、売っているんだ」

「……それ少し、味見させてもらえませんか」

佐菜は小皿を差し出した。

「お、佐菜ちゃんも気になるかい。いいよ、いいよ」

権蔵は気前よくふりだした。指の先につけてなめると、唐辛子の辛さとともに、わさびのすがすがしい辛みが広がった。

「な、効くだろ」

「……はい。辛さが鼻に抜けます」

「そうだよ、そこがいいんだ」

権蔵はうれしそうに笑った。

佐菜はこの辛さを以前にも味わったことがある。義母のお鹿は佐兵衛に嫁ぐ前、新宿で内藤唐辛子の店を切り盛りしていた。そこでお鹿は七味唐辛子にわさびの粉末を混ぜたものを考えた。よその店にも同じようなものがあったが、お鹿がつくるものには特別のひみつがあって、うまいと評判だったそうだ。

「これを売っていたのは……神田明神……ですよね」

「そうだよ。入り口のところにちっちゃな屋台が出ている。若い男が一人で売っているよ。行ってみな」

権蔵が教えてくれた。

神田明神の唐辛子屋の屋台には、ひょろりとした若い男がいた。細い腰に縞の粋な着物で胸元を大きく開けて着ていた。

「姉さん、七味唐辛子はどうだい。こんなのもあるよ。わさびの粉が入っているんだ。売っているのはうちだけだよ」

男は瓢簞《ひょうたん》型の入れ物を手に愛想のいい顔を向けた。

佐菜がうなずくと、男はさらに笑顔になった。

「そうこなくっちゃ。今、すごい人気なんだ。よそにはねぇよ。紙袋入りもあるけれど、二袋買ったら瓢簞をつけてやる」

男はすばやく袋を取り出した。

「……これをつくっているのはどういう人ですか。もしかして三、四歳くらいの子供がいるんじゃないですか」

佐菜がたずねると、男の顔つきが変わった。

「ちぇ。知らねぇよ、そんなこと。なんで、そんなこと聞くんだよ」

「……その人がどこに住んでいるのか、教えてもらえませんか」

「知らねぇって言ってんだろ」

面倒臭そうに横を向いた。佐菜は諦めなかった。

「その人は昔、新宿にいて……、内藤唐辛子の店をやっていて……、だから……」

男はばんと屋台をたたいた。

「あんた、だれに頼まれたんだよ。そういうことは、聞いちゃいけねぇんだよ。そんなことも知らねぇのか。とっとと帰りな」

「……私はただ……、居場所を知りたいだけで……」

「てめぇ、まだ、そんなこと言いやがるのか」

「おい、なんだ。なにかあったか」

どこから現れたのか、ばらばらと二、三人の男たちが集まって来た。腕組みしたり、肩をいからせたりした遊び人風の男たちである。

「で、ですから……」

その時、佐菜の袂が後ろからぐいと引っ張られた。

「なに、やってんだよ。こっち来いよ」

振り向くと若い男がいた。もう片方の手で、佐菜の頭をぐいと押さえ、自分も男たちに頭を下げた。

「すいませんねぇ。こいつ、江戸に来たばっかりで、なんにも分からないんだよ。許してやってくんな」

そのまま佐菜の腕をつかみ、ゆっくりと歩き出し、脇道にそれた。

しばらく進んでからやっと腕を離してくれた。

浅黒い肌ととがったあごに見覚えがあった。江戸芳の厨房にいた新吉だった。

「馬鹿だな、お前。あいつ、ひと目で遊び人だって分かるじゃねぇか。そういう輩《やから》にからんだらだめなんだよ」

負けん気の強そうな黒い目が怒っている。

「でも、私はただ……」

「ぼけぼけしていると、かどわかされるぞ」

新吉は怖い顔で叱った。

その言葉を聞いて、佐菜は急に恐ろしくなって足が震えてきた。

「一体、なにを聞きたかったんだよ」

「……つくっている人がどこにいるのか知りたかったんです。……わさびの味のする七味唐辛子を昔つくっていたって……。その人、神田明神の参道で見かけたことがあるんです。だから……」

佐菜の行きつ戻りつする話を新吉は黙って聞いていた。

「その知り合いってのは、あんたの家族か」

「……義理の母です。四つになる弟と。……事情があって家を出て、行方が分からないんです」

「その人に会いたいのか」

佐菜はこくりとうなずいた。新吉は横を向くと、ぽんと投げ出すように言った。

「向こうは会いたくねぇかもしれねぇよ」

思いがけない言葉だった。佐菜ははっとして新吉の横顔を見つめた。

そうか。

おばあさまがお鹿を嫌っているように、お鹿もまた佐菜たちを恨んでいるのかもしれない。

黙り込んでしまった佐菜に、新吉が意地悪な口調で言った。

「七味唐辛子の調合ぐらいなら長屋でもできるな。だけど、長屋ならこのあたりにゃ、それこそごまんとあるよな」

佐菜は唇を嚙んだ。

「本当におまえ、なんにも知らねぇんだなぁ。人探しなら、豆腐屋か魚屋か、とにかく、毎日決まった場所を歩いてる棒手振りに聞くのが一番だよ。小さな子供がいて、七味唐辛子の内職をしている人ってたずねてみるんだな」

ぶっきらぼうな言い方だったが、やさしい目をしていた。江戸芳に戻らなくちゃいけないと言いながら、おかねの店の近くまで送ってくれた。

佐菜が七味唐辛子の屋台に行って、男たちにからまれたことを言うと、おかねは顔色を変えた。

「ばっかだねぇ、あんた。本当になにを考えているんだよ。江戸は怖いところなんだよ。その人がいなかったら、今ごろ、どうなっているか分からないよ」

また、叱られてしまった。

「たしかに豆腐屋とか、魚屋に聞いてみるのも悪くないけどさ。一度、お民さんに聞いてみたらどうだい」

「でも……」

あれこれ詮索されるのは嫌だ。そう言ったら、おかねはふふんと笑った。

「あんたが日本橋の三益屋の娘だってことぐらい、もう、みんな知っているよ。

あたしがしゃべったんじゃないよ。あんたの世間知らずは度を越しているし、おばあさんの品のよさも並じゃない。昨日今日の金持ちじゃないさ。そうなったら、見当がつくじゃないか。お民さんも権蔵さんも、町内の人たちも分かっていて黙っている。湯屋の噂話ってやつも、それなりに約束事があるんだよ。無闇やたらとくっちゃべってるわけじゃないから」

佐菜は肩を落とした。隠し通せていると思っていたのは佐菜だけで、周囲は先刻ご承知だったのか。

その日の夕方、番台に上がる前の腹ごしらえにやってきたお民に佐菜は相談した。

「三、四歳くらいの子供がいる母親か。それでその人も掃き溜めに鶴って感じの、きれいなお姫《ひい》さまかい」

お民がたずねた。

掃き溜めに鶴のお姫さまとは誰の事だ。佐菜ではないから、おばあさまだ。

「いえ、どっちかといえば、ちゃきちゃきした下町風情の人です。目尻がきゅっとあがって歯切れのいい話し方をします」

「どっちにしろ美人さんだね。長屋をまわっている棒手振りの豆腐屋あたりに聞いておくよ」

請け合った。

数日後、おかねの店から戻って慌ただしく夕餉の支度をしていると、おばあさまが突然言った。

「佐菜はわたくしに隠していることがありますね」

振り向くと怖い顔をしていた。

「なんのことですか」

「心当たりがあるでしょう」

お鹿を探していることか。もう、おばあさまの耳にはいったのか。一体、どこから聞いたのだろう。

一度にたくさんのことが佐菜の頭に浮かんだ。

「二日ほど前、神田明神の参道を殿方と歩いていたでしょう。どなたなのですか。肩がつくほど寄り添って、ずいぶんと親し気だったじゃありませんか」

その話か。佐菜は少しほっとする。

しかし、傍にいたなら声をかけてくれてもよかったのに。

いや、だめだ。

あそこで会ってしまったら、お鹿の居所を探していたことが分かってしまう。

頭の中は忙しく動き、口は勝手に動いている。

「あの人は江戸芳という店の料理人です。以前、蛸飯をつくったときに一度会ったことがあります。私が七味……、いえ、その、屋台の人ともめているとき、たまたま近くを通りかかり、助けてくれたのです」

適当にぼやかしてごまかす。

「もめた……」

「はい、私が江戸に来たばっかりで何も知らないのだと謝ってくれたんです。遊び人風の男たちにかどわかされたらどうするのだと、叱られました」

「それにしてもあなたはどうして、その屋台の人ともめたんですか」

「釣銭のことで、少し」

わさび風味の七味唐辛子のことは、結局、言えなかった。お鹿に関わることを口にすると機嫌が悪くなるからだ。かわりに医者に行くことを勧めた。

「どこも痛くありませんよ。そりゃあ、昔ほどは体は動きませんけれどね。それに、わたくしはもう、医者の言葉は信じませんから」

おばあさまは即座に答えた。

「人には寿命があるのです。医者に診てもらっても、だめなときはだめなのです」

突然倒れて、そのまま死んでしまった息子の佐兵衛のことを言っているのだと思った。


近所の味噌屋に頼んでいた麦味噌が届いた。秩父の農家が自分の家で食べるためにつくっているものだそうだ。

寅三郎からは鮎が来るから料理を頼むと伝言が届いた。

佐菜は染井の家に向かった。

案内を乞うと、掃除の最中らしく、頭に手ぬぐいを巻いた弟子がやって来た。

囲炉裏端で寅三郎が待っていた。脇には青笹を敷いたかごに山盛りの鮎がある。

鮎の背は黄色みがかった青で腹は白く、すらりとした美しい姿をしていた。細長い顔に似合わない我の強そうな立派な顎をしていた。鮎は気が強く、縄張りを侵すものを攻撃するので、その性質を利用した友釣りという漁法があると聞いた。

「いい鮎だろう。昨日釣って、一晩、桶の中で泳がせて砂を吐かせている。うるかもできるんだ」

目を細めた。

「……うるかというのは鮎のわたの塩辛ですね」

佐菜は答えた。昨夜、おばあさまが念のためにうるかのつくり方も見ておきなさいと料理本を出してきた。さらっと目を通してきたのが役に立つ。

「うん。あれはうまいんだ。あとは味噌焼きと、小さいのは唐揚げにしてくれ」

土間の隅の台所である。

うるか用の鮎を三枚におろし、身を刻んだ。鮎の身はまぶしいほどに白く、瓜の匂いが強くなる。内臓と合わせて塩を加える。壺に入れ、その後ひと月ほどは毎日かき混ぜ、一年ほどおくと食べごろだ。そのあたりのことは、弟子の男に伝えた。

それから鮎に串を刺し、飯を炊く。

青菜のおひたしに切り干し大根の酢の物、豆腐は煮奴にして汁はしじみだ。山椒もすり鉢であたる。

裏の畑で育てている青菜は包丁を入れると、しゃきしゃきと気持ちのいい音を立てた。切り干し大根も畑で育てたものを干したそうだ。水でもどすと、やわらかくほどけていく。汁が甘く、うまみがある。

「……立派ないい大根だったんでしょうね」

佐菜が言うと、弟子の男は目を細めた。

「私が世話をしているんですよ。このあたりは土がいいので、野菜もよく育ちます。大根はたくあんや切り干し大根にしても、まだ食べきれないほどとれます」

切り干し大根はさっぱりと三杯酢で和えた。煮奴は豆腐とねぎを醤油と味醂で煮る。田舎風に、ねぎがくたくたになるまで火を入れた。

お客が来た。今日の客は二人。一人は商人でもう一人は二本差しの侍だった。古くからの知り合いらしい。

膳を運び、囲炉裏に味噌を塗った鮎を刺した。男たちは酒を酌み交わし、鮎が焼けると弟子が男たちに勧める。佐菜は新しい鮎に串を刺して味噌を塗り、弟子に渡した。

頃合いを見計らって子鮎を揚げる。鍋の油が温まり、粉を落とすと小さな泡が浮かんだ。鮎を入れると、しゅーという音とともに泡に包まれた。泡は消えて、鮎は金色に光っている。もうひと息。香ばしいきつね色になったら引き上げる。

揚げ立ての子鮎の皿を、弟子が熱いうちに男たちのところに持って行った。

男たちは笑い、よくしゃべり、酒を飲んだ。

ほとんどが花や木の話だった。めずらしいあさがおがあると聞いて上方まででかけていったとか、さつきの接ぎ木に夢中になって危うく仕事に差しさわりが出るところだったとか。そんな話をしているとき、男たちは仕事を覚え始めた若者のような顔をしていた。

けれど、明るい声は唐突に途絶えるときがあった。

心配になって囲炉裏端を見ると、男たちは腕を組み、囲炉裏の火を見つめていた。

月が中天に上がるころ、二人の男たちは静かに帰っていった。

佐菜が膳を下げにいくと、寅三郎は囲炉裏端で火を見つめていた。

「ありがとうね。うまかったよ。鮎も、ほかの料理も。……うるかも出来上がるのが楽しみだ。おかげで久しぶりに笑ったよ。こんな風に楽しい時を過ごしたのは久方ぶりだ」

「……それは、ようございました」

寅三郎は遠くを見る目になった。

「本当はもうひとり、ここにいるはずだったんだ。前に話をしただろ。兵作って男だ。そもそも、鮎の味を知ったのも、囲炉裏の温かさを教えてくれたのも兵作なんだ。もう、三十年も前の話だ。みんな若くて、金もなくて……、そのくせ威勢だけはよかった。来年こそは、すごい万年青で、菊で、さつきで、あさがおでみんなをびっくりさせてやる。そんな夢みたいなことを言い合って飲んでいた。あのころの酒のうまさはとびっきりだった。俺たちが味わっていたのは、夢の甘さだったんだな」

「今日、いらした方はその時のお仲間なんですね」

佐菜は言った。

ひとりはお武家でひとりは商人、寅三郎は職人だ。まだ何者でもない若い時代に、身分を超えて、親しくつきあったのだろう。

「俺は万年青で兵作は菊、後の二人はあさがおとさつき。鮎みたいに、それぞれの縄張りを守りながら張り合っていたんだ。最初に運をつかんだのは、あの侍だよ。みごとなさつきを咲かせて、それが将軍家の献上品となり、殿様の覚えめでたく出世した。その次はあの商人。もとは棒手振りの八百屋だったんだぜ。あさがおで当てて米屋の株を買った。今じゃ、両国じゃちょっと知られた顔だよ」

「……すばらしいですね」

寅三郎は微笑んだ。

「残った俺と兵作も負けちゃいない。待ってろ、俺たちもすぐ追いつくからなんて気炎をあげた。……それで、ついに俺も弥栄を完成したってわけさ」

内側に葉の巻いた万年青である。

「残ったのは兵作だ。安心しろ。次はお前の番だ。一番いい運が残っている。俺たちはそう言って兵作を励ました。……だけど、あいつは疲れちまったんだなぁ。夢を見続けるのにさ」

囲炉裏の薪が小さくはじけた。

空の高い所で風の音がした。

明るい大きな月が出て、庭に整然と並んだ、何十という万年青の鉢を照らしている。それはまるで舞台のように見えた。背の高いもの、低いもの、闇に沈んでしまうほど葉の色の濃いもの、薄いもの。葉の形もまっすぐだったり、縮れていたりさまざまだ。

中に一鉢、真っ白な万年青があった。細く形のよい葉が天に伸びている。

「男をだめにする女ってのはいるんだよ。兵作はそいつにつかまった。お袋の薬代だとか、菊の苗を買いたいとか、あれこれ理由をつけて俺たちに金を無心するようになった。俺たちは何度も言ったんだ。目を覚ませ、お前には菊があるだろうって。だが、兵作は女と別れられなかった。だから俺たちは兵作と縁をきった。……でも、ある朝、妙な胸騒ぎがして俺は兵作の家に行った。庭に兵作が倒れていた。寒い朝でね、一面、霜がおりているんだ。兵作の体も、菊も真っ白だ。……まるで、雪女に息を吹きかけられたみたいにさ」

寅三郎はこぶしで自分のももを叩いた。

「今でも、あいつは俺の一番の友達だ。どうして手を放しちまったのかなぁ。なぐってでも、引きずってでも、あの女と別れさせればよかった。女にまとまった金を手切れ金にして渡すとかさ、方法はいくらでもあったんだよ。たった、それだけのことだったんだ。それで、あいつは死なずにすんだのかもしれねぇんだ」

松の古木の絵を配した能舞台が浮かんだ。そこに老人がひとり佇んでいる。背を丸め、低い声でなにかつぶやいている。

兵作は死んだ。だが、寅三郎の心の中には生きている。抜けないとげとなって突き刺さり、寅三郎を苦しめる。

――終わった話じゃないんですよ。

おばあさまの声が聞こえた気がした。

佐菜は言葉を失った。

黙って火を見つめた。

どれくらい時が過ぎただろう。

寅三郎の声がした。

「うまい鮎だった。兵作の味噌焼きと同じ味がした。あいつも、どこからか俺たちを眺めて喜んでいたんじゃないのかな」

そう言って視線を庭に移した。

白い万年青が闇に浮かんでいた。

「遅くなって申し訳ない。片付けはうちの者にやらせるよ。駕籠を呼ぶから、それで帰りな」

寅三郎は静かな声で言った。

3

「佐菜ちゃん、見つけたよ。あんたの探している母子じゃないかな。案外、近くだよ」

お民はやって来るなり言った。得意そうな顔をしている。

「さすがお民さん。どうやって見つけたんだい」

おかねがたずねた。

「そりゃあ、七味唐辛子といえばそば屋だよ。あけぼの湯に来るそば屋のおかみに聞いたんだ。わさびの入っためずらしい七味唐辛子が人気だねって。そしたら、なかなか手に入らないから、伝手《つて》をたどって買っているって言うじゃないか。だから、その伝手ってのは、どういうもんだって聞いたんだ」

お民は店の奥に入って、いつもの空き樽に腰をおろす。おかねはすかさずあごで示し、佐菜はこんにゃくの煮物を持って行く。

「ありがとう、気が利くね。向こうも、なんでそんなことを聞くんだって顔をするんだよ。だから、これこれしかじか、人を探しているんだって説明した。やっと納得して、扱っている卸に聞いてくれた。絵図をくれたよ」

しわくちゃの紙に墨で描いた絵図だった。神田明神から湯島の聖堂に抜ける道の途中に黒丸がついていた。

「隣は煙草屋だってさ。足袋屋だった家を借りて母子で暮らしているそうだ。子供は三、四歳くらいだって言うから、あんたの探している人かもしれないね。行ってごらん」

お民は佐菜の肩をたたいた。

佐菜は絵図を手にその家に向かった。

神田明神にほど近いその場所に住んでいるなら、参道で見かけても不思議はなかった。

煙草屋はすぐ見つかった。その隣に古い二階家がひっそりとあった。一階は店で裏が仕事場、細くて急な階段をのぼって二階に二間。町家によくある造りだ。

店には看板もなく、入り口もしまっていたが、中で人の気配があった。

声をかけようとして、ためらった。迷惑だったかもしれない。だが、二人に会いたい気持ちが勝った。勢いよく戸をたたいた。

「だれだい。今、開けるから、ちょっと待っておくれ」

聞き覚えのある声がして、ゆっくりと戸が開いて顔が見えた。

細面の浅黒い顔にきゅっと目尻があがった切れ長の目で、指でつまんだような小さな鼻。愛嬌と負けん気が入り混じった顔。

お鹿だ。

「……佐菜です。お久しぶりです」

お鹿が息を飲んだのが分かった。

「すみません。突然来てしまいました。……探したんです。神田明神の参道で一度見かけて。……それから、あのわさび風味の七味唐辛子。……あの味はお鹿かあさんだと思いました」

しゃべっているうちに胸がつまった。

会いたかった。ずっとそう思っていた。

戸が大きく開いた。

お鹿が笑顔で佐菜の手をとった。

「よく来たねぇ。早く、入んな。市松、姉ちゃまだよ。姉ちゃまが来てくれたよ」

部屋の隅に座っていた市松がぱっと顔をあげた。たちまち笑顔になり駆け寄ってきた。

「姉ちゃま」

佐菜にとびついてきた。

「市松ちゃん、大きくなったね。会いたかったよ」

しっかりと抱きしめた。温かい重さが伝わって来ると、涙があふれてきた。

「姉ちゃま、うれしい。だけど、どうして泣いているの」

市松が不思議そうにたずねた。

「だって市松ちゃんやお鹿かあさんに会いたかったんだもの」

そう言ったら、また新しい涙が出た。佐菜は淋しかったのだ。三益屋がなくなって住みなれた室町の家を出た。竹もいなくなり、おばあさまと二人の暮らしになった。お金もなくて毎日が不安で、でもなんとかしなくてはいけないと思って、精一杯の努力をした。

おばあさまがいた。おかねやお民や権蔵とも知り合った。専太郎と出会い、仕事ももらった。けれど、やっぱり淋しくて不安だった。

お鹿の顔をみたら、そのことが分かった。

「まぁ、とにかく座りなよ。お茶をいれるからさ。佐菜ちゃんの顔をよく見たいよ」

空いた木箱に座らせ、白湯を勧めた。瀬戸の茶碗は古いものだったが、茶渋ひとつついておらず白く冴え冴えとしていた。

見回すと乾燥した唐辛子やわさびの根が積まれ、その脇にはそれらを刻む機械もあった。ここで作業し、七味唐辛子を調合しているらしい。床は掃き清められ、どこも掃除が行き届いていた。

そこが掃除好きのお鹿らしかった。

「きれいになるって気持ちがいいじゃないか」

かつてもそう言ってお鹿は女中に混じって床をふき、柱を磨き、部屋を掃いていた。

「若おかみにそれをやられちゃ、あたしたちも働くしかない」と陰で文句を言う女中もいたらしいけれど、三益屋はそれまでよりも、なおいっそうきれいになった。

「ここに来たこと、お姑《かあ》さんは知っているのかい」

お鹿はたずねた。

「……黙って来ました」

「そうか。……今はお姑さんと二人で暮らしているのかい。どうやって暮らしをたてているんだい」

「……近くの煮売り屋で働いています。お能の囃子方の家にいってお子さんの朝餉をつくったり。……ときどきは頼まれてよその家のご飯をつくります。……おばあさまは手習い所を開いて子供を教えています。それから掃除とか、洗濯とかも」

「お姑さんが、洗濯をするのかい」

「だって、お竹は葛西に帰ったから」

お鹿は酢を飲んだような顔をした。

沈黙があった。

「恨んでいるよね。あたしのことを」

お鹿は小さな声でつぶやいた。

「……申し訳ないことをしたと思っている。佐菜ちゃんにも、お姑さんにも、奉公人たちにも。……だけどさ、三益屋の懐はもうずっと前から厳しかったんだ。それを必死に佐兵衛さんや八十吉が立て直そうとしていた。佐兵衛さんは三益屋を大事に思っていた。自分の代でつぶしてはいけない、市松につなぐんだっていつも言っていた。私も力になりたかった。だけど、及ばなかった」

「恨んでなんかいません。……私はのんきに室町の家で暮らしていて、三益屋でなにがおこっているかなんて考えたこともなかったです。三益屋は絶対に倒れない大きな木みたいなものだと思っていたから。……室町の家を出て、神田に来て、私は少し大人になりました。三益屋を守るために、死んだお父さまもお鹿かあさんもほかのみんなも、必死だったことは分かります。お鹿かあさんのことは番頭も手代も女中たちも、おかみさん、おかみさんって慕って、頼りにしていたじゃないですか」

お鹿は片時も休むことがなかった。くるくると体を動かした。年若の奉公人に声をかけ、年配の女中をいたわり、八十吉たち番頭をたて、女中頭に相談し、店を回すことに腐心していた。

今なら分かる。お鹿は短い間に三益屋に欠かせない人になっていた。

もしかしたら、そのことがおばあさまを室町に行かせる要因だったのかもしれないと思った。

「聞かせてください。三益屋にはいつもたくさんのお客さんがいたし、蔵には値の張る上等の帯がたくさん積まれていたのではなかったんですか。いつから、そんな風にやりくりが厳しくなってしまったんですか」

佐菜はたずねた。

お鹿は湯飲みに白湯を注いだ。

「三益屋は金の貸し借りをしないのが決まりだってことは聞いているよね」

それは三益屋を興した初代の決めた約束ごとだ。

「職人というのは、金を積んで働かせるものだというのが初代の考えだった。たしかにその通りなんだよ。十日後、一月後の払いって言われるより、すぐ金をもらえるほうがうれしいだろ。金を見せられて、手間のかかる仕事だけれど、あんたを見込んで頼む、やってくれって言われるほうが力が入るもんなんだ。そうやって三益屋はいい仕事をさせた。京の織屋、染物屋に負けないものをつくるって評判をとった」

十二の年に近江から江戸に奉公に来た初代は、十六で店を出て天秤棒をかついで古着を売った。六十歳には、二代目とともに念願であった日本橋に店を持つ。その十年後、蔵造りの立派な店が完成するのを見届けて亡くなった。三益屋がもっとも隆盛な時代だった。

「江戸がどんどん大きくなって、大名も商人も懐が温かった時代はそれでよかったんだ。だけど、今は違う。注文するときは金のかかった豪華なものを求めるけれど、払いはどんどん引き延ばされる。どうかすると借金まで申し込まれる。相手がお大名じゃ、貸しませんとは言えないだろ。払う方は今までどおり、金が入って来るのはずっと後。それじゃあ、店が回るはずはない。だから、商いの仕方を変えた」

「……お金を借りることにしたんですか」

「そうだね。だけど、只じゃ貸してはくれない。利息がつく」

　悪い循環が生まれてしまうのだ。

「そのことを知ったお姑さんはひどく怒った。初代の言いつけをないがしろにするのかって。時期も悪かった。ちょうど、あたしが三益屋に来た頃だったんだ。あたしと佐兵衛さんが出会ったのは富美さまが亡くなる前だってことがひとつ。あたしが立派な家柄の出じゃなかったというのも、ひとつ。それから、実家には体の弱い兄がいたんだ。三益屋に入るのだったら、兄とは縁を切れって言われた。あたしから兄に金が渡るのが嫌だったんだね」

「……怒らないでくださいね。竹から聞いた話では、お鹿かあさんのお兄さんにはいろいろな悪い噂もあったって……」

「それは昔のことだよ。悪い仲間に誘われて博打に手を出したこともあったけど、そのころはちゃんと手を切ってた。……でも、分かってくれなかったね。取り返しのつかないことをしたと言われた。お姑さんは情に流されない。いや、それが三益屋なんだよ。三益屋は金の貸し借りをしない。一度の失敗も許されない」

　以前、おばあさまから聞いた話を思い出した。

　初代が江戸で店を出し、繁盛していることを聞いた親戚たちは金を貸してほしいとか、息子や娘を働かせてほしいと頼んできた。貸した金は戻って来なかったし、やって来た親戚の子供たちは特別扱いを求めた。自分は本家の者なのに、どうして奉公人たちと同じように働かなくてはならないのかと。

初代はそうした親戚に頭を悩ませ、とうとう縁を切ってしまった。

だから今もつきあう親戚がいない。

「お姑さんは金の貸し借りはしない、親戚を特別扱いしないという教えを守っているんだよ。あの人の中心にあるのは三益屋だ。父祖から伝えられたものを次の世代に託す。それが使命だ。だから自分はもちろん、佐兵衛さんも市松も三益屋のために生きるのが当然だと考える。身内や恩ある人に頼まれごとをされて、断るのは勇気がいるよ。でもあの人はそれができる。三益屋を守るためなら、憎まれ役にもなる……。あたしはあの人の生き方を認めているよ。情に流されないし、ちゃんと筋が通っている。……だけど、あたしとは違う。……あたしは市松が大事だ」

「だから、三益屋を出て行ったんですか」

佐菜がたずねた。お鹿は小さくうなずいた。

「佐兵衛さんも亡くなって、もう三益屋はもたないってことが分かった。手代や女中たちは次々に辞めていき、その度金目のものが消えるんだ。しょうがないよ。給金をもらえないんだから。ゆすり、たかりの類もやって来る。そんなとき、三益屋に投げ文があった。相手は誰だか分からない。けれど、三益屋に恨みを持つ者だったようだ。最初は天罰がくだるとか、恨みを晴らしてやるとか、そんなことが書いてあった。ただの嫌がらせだと思って相手にしなかった。そのうちにだんだん内容が物騒になって、とうとう市松の命をもらうと言って来た」

お鹿の目が強く光った。

「脅しだとは思ったけれど、あたしは市松のことが心配だった。目を離さないようにしていたけど、ちょっとした隙に姿が見えなくなって、総出で捜したら人気《ひとけ》のない古い物置で泣いていた。だれかが市松を連れ出して物置に閉じ込め、出られないよう外から心張棒《しんばりぼう》をおいたんだ。あたしは震え上がった。そんなことができるのは、三益屋の顔見知りだ。出入りの商人かもしれないし、奉公人かもしれない。もう、誰も信じられない気持ちになった。ここにはいられない。なにがあっても、この子の命だけは守らなくてはならない。それで、その晩三益屋を出た」

「だれにも相談しないで」

「八十吉さんには伝えようかと思ったけれど、でも、きっと反対すると思った。あの人の中心にあるのも三益屋だから。おかみの仕事を全うしてくれと言われると思った。でも、あたしはもう、市松のことで頭がいっぱいで、ほかのことは考えられなくなっていた。ねぇ、だって、三益屋に対する一番の嫌がらせは市松を傷つけることだよ。あの子は惣領だ。三益屋の未来なんだから」

お鹿は苦し気に顔をしかめた。佐菜はお鹿の孤独を思った。あの家で、お鹿の一番の理解者は父の佐兵衛だった。その佐兵衛が死んで、本当の意味でお鹿が心を許せる人がいなくなってしまった。

「……三益屋を出て、知り合いの家にしばらくいた。三益屋が店を閉め、別の店に譲られたことを知った。申し訳ないけれど、あたしはほっとした。だれだか知らないけれど、そいつの恨みは晴らされたに違いない。市松はもう跡取りでもなんでもない。ただの子供だ。新宿には身内はいない。兄とはとっくに縁が切れて便りもない。それで、ここに来て、新宿にいたときの古い知り合いから金を借りて七味唐辛子の仕事を始めることにした。あたしの話はこんなところだ」

新しい白湯をお鹿はすすめた。

「それで、三益屋の後の始末は、お姑さんがしたのかい」

「はい。近江屋さんのご主人と話し合って、奉公人ともども店をみんな引き受けてもらうことにしたんです。だから、最後まで残った人たちも路頭に迷うことはありませんでした」

「そうか。大変だったろうね。あたしにはとてもそこまでの力はない。自分のことで精一杯だったもの。すごい人だ。あの人はやっぱり本物の三益屋のおかみだ」

お鹿はもう済んでしまったことだというように、さらりと言った。

あっさりと言われて、佐菜の心はざらりとした。佐菜とおばあさまにはまだ終わっていないことなのに。

その気持ちに気づいたようにお鹿が言った。

「佐菜ちゃんはまだ、三益屋のお嬢さんの言葉遣いなんだね。お姑さんもそうかい」

佐菜はうなずいた。

「おばあさまは昔のままの言葉遣いです。近所の人はおばあさまのことを特別に上品な、でも、ちょっと変わった人だと思っています」

お鹿は微笑んだ。

「あたしは神田の言葉でしゃべるよ。市松もそうだ。あの子はこの町で七味唐辛子屋の子供として育つんだから」

「お鹿かあさんにとって三益屋のことは終わった話ですか」

目尻のきゅっとあがった切れ長の目が佐菜をまっすぐ見た。

「そうだよ。昔は振り返らない。市松は佐兵衛さんとあたしの子供だ。三益屋の子供ではなくて、あたしたちの子だ。今のあたしの仕事は市松をちゃんとした大人に育てていくことさ」

市松が佐菜の袖をひいた。

「二人で話ばっかりして、面白くねぇや」

「よし、じゃあ、散歩に行くか」

三人で歌いながら川沿いの道を歩いた。

青い空にうっすらと白い月が浮かんでいた。

「佐菜ちゃんとこんな風に歩ける日が来たんだね」

お鹿が言った。

室町に移ったばかりのころ、佐菜は市松がかわいくて、しょっちゅう日本橋に遊びに行った。お鹿も歓迎してくれたが、女中の竹に「あまりお邪魔をしないように」と言われ、以来、二人に会うのはお節句やお月見など、行事のときだけになった。皮肉なことだが、三益屋がなくなった今だから、こんな風に三人で散歩ができるのだ。

「昔、お姑さんから鯛の鯛のお守りをもらったよ。鯛は自分の中に鯛を持っているから、そぼろになっても鯛なんだ。魚の王様なんだって教えられた。今もお守り袋に入っているよ」

お鹿は懐から日本橋の福徳神社のお守り袋を取り出した。白い紙に包まれて鯛の鯛が入っていた。

「この鯛の鯛は佐兵衛さんとあたしの祝言のときの鯛に入っていたんだってさ」

白く透き通った鯛の鯛は、大きな目玉で胸の部分はふっくらとして、そこからすっと尾がのびた美しい姿をしていた。

「あたしの鯛の鯛は佐兵衛さんの女房で市松の母親だってこと。それだけだ。ほかにはない。ほかはいらない」

お鹿は明るい目をしていた。市松も腕白だった。きっと正吉のような元気のいい、いたずらな男の子に育つのだろう。

お鹿にとって三益屋は終わったことなのだ。

また来るから、待っているよ、そんな約束をして別れた。

家に戻ると、座敷におばあさまの姿がなかった。おばあさまの部屋に行くと、本を抱いて前のめりに倒れていた。

「おばあさま、おばあさま」

体を揺すると、ゆっくりと目を開けた。

「ああ、佐菜か」

「どうしました。どこか痛いのですか」

「いや、大丈夫です。なんだか、急に眠気がさしていつの間にか眠っていたようです。また、夢を見てしまいました。このごろ、同じ夢を何度も見るのです」

「どんな夢ですか」

おばあさまは夢うつつという目をした。

「佐兵衛が来て三益屋に帰ろうと誘うのです。でも、あそこはもう、近江屋のものだと言うと、佐兵衛は笑って、それは昔のことだ、自分がまた買い戻したから大丈夫だと答えるんです。……そんなはずはないと佐兵衛に答えたつもりが、よく見ると市松なんです。市松は三、四歳で、それでも大人のように羽織袴で床の間を背にして座っている。そうか、市松が買い戻してくれたのか、ああ、よかったと思った途端、目が覚めます。……それが夢だと分かるまでにしばらく時間がかかります」

おばあさまは背筋を伸ばすと、佐菜の目をまっすぐに見た。

「でも、その後、胸をつかまれるような悲しい、淋しい気持ちになって泣いてしまうのです」

「このごろ、おばあさまが憂鬱な様子をなさっているのは、その夢のせいなのですか」

おばあさまは遠くを見る目になった。

「あなたはいつか、わたくしに神田明神の参道でお鹿と市松を見かけたと言いましたね。それで、わたくしも神田明神に行きました。二人がこの近くに住んでいるのか確かめたかったのです。そうしたら……、わたくしは、あなたが殿方と歩いている姿を見かけました」

あの日、おばあさまはお鹿と市松を探して神田明神に出かけたのか。

――終わった話じゃないんですよ。

声が聞こえた気がした。

「おばあさま、聞いてください。お話ししなくてはならないことがあります。私は今日、お鹿かあさんと市松に会ってきました」

おばあさまの目が大きく見開かれた。

「おかねさんの店に来るお客さんが、わさび風味の七味唐辛子を使っていて、それを手掛かりに探してもらいました」

「お鹿は七味唐辛子をつくって暮らしを立てているのですか」

「神田明神の裏手の小さな家を借りて。市松も元気でした。あのころ、三益屋に恨みを持つ者から市松に危害を加えると脅しがあって、お鹿かあさんは三益屋を出たそうです。おばあさまには申し訳ないことをしたと言っていました。でも、市松を守るためにはそうするより、仕方なかったと」

おばあさまはぼんやりと天井を眺めている。

「お鹿かあさんはこうも言っていました。自分の鯛の鯛は佐兵衛さんの女房で市松の母親だということだって。佐兵衛さんに恥ずかしくないように育てたいと」

長い沈黙があった。

虫の声がした。

おばあさまは目をしばたたかせ、時折目頭をぬぐった。

「おばあさま、これまで黙っていて申し訳ありませんでした。でも、どうしても会いたかったのです。会って話をしたかったんです。とても、懐かしい気持ちになりました」

「そうですね。あなたのおかあさんと弟ですものね。……あなたがそうしたいと思うのなら、わたくしにかまわず会いに行きなさい。でも、わたくしは……まいりません」

おばあさまは佐菜の手の上に自分の手をのせた。節くれだってしわの多い、年寄りの手だった。おばあさまはお鹿を許してはいない。許すつもりもない。

佐菜は淋しい気持ちでおばあさまの手を握った。おばあさまはそっと佐菜の手を握り返した。

二人はしばらくそうしていた。突然、おばあさまが言った。

「……おや、うっかりしていました。お腹が空いたのではありませんか。早く夕餉にいたしましょう。今日はなんだか冷奴が食べたい気持ちになって、さっき豆腐を買って来たんですよ。細切りにした青じそとけずり節、そこに醤油をたらして。わたくしはその食べ方が一番好きです」

明るい声で立ち上がった。

佐菜は毎朝、専太郎の朝餉をつくりに向かう。

今朝は、五穀を混ぜたご飯にがんもどきの煮物、浅漬けとわかめの味噌汁だ。専太郎は相変わらず魚と緑と赤の野菜が食べられない。他の子供たちとはつかず離れずの距離を保ち、謡と仕舞の稽古に通っている。

その後、佐菜はおかねの店に行く。おかねを手伝って店に立ち、白和えといなりずしをつくる。

その日、看板ができあがって権蔵が持って来た。

権蔵がなんと言ったのか分からないが、桜の厚い大きな一枚板に『おでかけ料理処　料理人佐菜』と文字が彫ってある。手習い所の看板よりも目立つものだ。

「えらく立派なもんができあがったねぇ」

お民が驚いて声をあげた。

「ちょいと、権蔵さん、おばあさんの手習い所の看板より大きいじゃないか。そりゃあ、まずいよ」

「そうだよなぁ。じつは別の店の注文品だったんだけど、それが取り消しになったから使ってくれって言われたんだよ」

見れば裏側に削り直した跡がある。

「なら、いっそ、この店にかけさせてもらったらどうだい」

お民が言う。

「うちの看板もないのにかい」

おかねが呆れた顔になった。

「あんたのところは、おかねさんが看板みたいなもんだから、いいじゃねぇか」

権蔵が言う。

「まったく軒を貸して母屋をとられるってのはこのことだねぇ。まぁ、しょうがないか」

おかねは笑った。

そんなわけで、おでかけ料理処の看板はおかねの店にかかることになった。

看板を出したことを記念して、おかねと正吉、おばあさまと佐菜の四人で、尾頭付きの鯛を焼き、ささやかな祝いをした。そのとき見つけた鯛の鯛は紙に包んで、正吉の守り袋に入っている。

文春文庫

おでかけ料理人《りょうりにん》
佐菜《さな》とおばあさまの物語《ものがたり》

定価はカバーに表示してあります

2024年2月10日　第1刷

著　者　中島久枝《なかしまひさえ》
発行者　大沼貴之
発行所　株式会社　文藝春秋

東京都千代田区紀尾井町 3-23　〒102-8008
ＴＥ·Ｌ　03・3265・1211㈹
文藝春秋ホームページ　http://www.bunshun.co.jp

落丁、乱丁本は、お手数ですが小社製作部宛お送り下さい。送料小社負担でお取替致します。

印刷製本・TOPPAN

Printed in Japan
ISBN978-4-16-792171-2